あなたとオムライス

食堂のおばちゃん❽

山口恵以子

JN118244

角川春樹事務所

目次

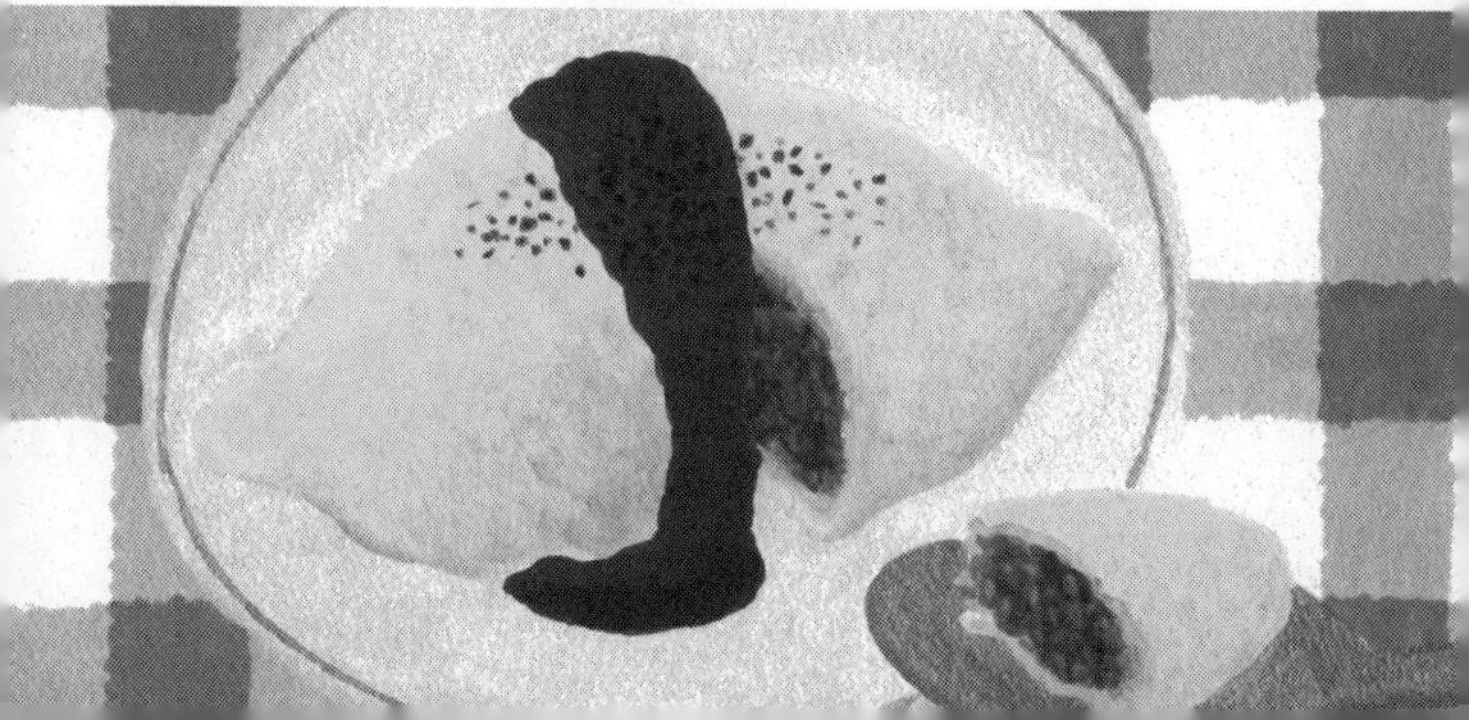

あなたとオムライス

食堂のおばちゃん8

第一話

菜の花と婚活

「あら、これ、どうしたの？」

　二月三日のランチタイムにはじめ食堂を訪れたワカイのＯＬ四人組は、運ばれてきた定食を見て尋ねた。小鉢二品とは別に、小ぶりながら目刺し一尾が載った皿が盆の隅っこに置かれている。

「おまけ。イワシは節分の縁起物だから」

「え？　節分って、豆まきじゃないの？」

「豆は別口。帰りにお土産《みやげ》でお持ち帰り下さい」

「やった！」

「ラッキー！」

　ＯＬたちは少し大袈裟《おおげさ》にはしゃいだ声を出した。それが店への感謝の表れで、二三《ふみ》は嬉《うれ》しくなる。

　チラリとカウンターを覗《のぞ》くと、一子《いちこ》も万里《ばんり》も少し顔をほころばせていた。万里は日曜日に上野へ行ったついでに、アメ横で特売の豆（節分用）を見付けて買ってきてくれた。一子も開店前に大量の目刺しを焼いて準備した。お客さんが喜んでくれれば、甲斐《かい》があったというものだ。

令和《れいわ》初の節分は月曜日。去年と一昨年《おととし》は土・日と重なってしまったが、それでも日をずらして目刺しと小袋入の豆をプレゼントする「節分ランチ」は、何年も前から実施してきた。ＯＬ四人組が珍しそうな顔をするのは、節分ランチを未経験か、ご常連になってくれて一年以内か、どちらかだろう。

今日のランチは、日替わりがハンバーグと中華風卵焼き（具材は小海老《こえび》と長ネギ、生姜《しょうが》風味の餡《あん》かけ）、焼き魚は鰆《さわら》の西京焼《さいきょうや》き、煮魚はカラスガレイ。小鉢はモヤシとニラのナムル、冷《ひ》や奴《やっこ》。味噌汁《みそしる》はジャガイモと玉ネギ。漬物は柚子《ゆず》を利かせた自家製白菜漬け。ワンコインは牛丼《ぎゅうどん》。これにドレッシングかけ放題のサラダが付いて、ご飯と味噌汁はお代わり自由。定食七百円は安くはないが、高いと思われないように日々努力を続けている。

ちなみに、本日のテイクアウトはおにぎり二個入パックで、ジャコワカメの混ぜご飯と肉味噌。肉味噌は初お目見えだ。これまでとはちょっと目先の変わった中身はないかと考えていた時……。

「中華料理のメニューでジャージャー麺《めん》を見て、パッと閃《ひらめ》いたの。麺に肉味噌を掛けて合うなら、ご飯にも行ける。味噌を固めにすれば、おにぎりの中身に出来る。やったーって」

二三は一時二十分に来店した野田梓《のだあずさ》と三原茂之《みはらしげゆき》の前に定食の盆を置いて言った。今日の日替わり定食を見て、例によって「どっちにしよう?」と悩む二人のために、ハーフ&ハーフでサービスしてある。まあ、これはほとんど年中行事と化しているのだが。

「でもね、スーパーのおにぎり売り場に行ったらギャフンよ。とっくの昔に〝肉味噌おにぎり〟売ってるんだもん」

「いや、こちらのおにぎりはひと味違うと思いますよ。何しろ作った人の顔が見えてますからね」

三原はそう言って箸《はし》を割り、ハンバーグと生姜風味の餡の香りを吸い込んだ。

「あたしもそう思う。コンビニに行けば毎週新しいおにぎりが発売になるけど、そこまでやらなくてもって気がする。あたしなんか、買うのはいつも定番だし」

「僕もそうだなあ。結局、おにぎりに求めるのは目新しさより安心感と懐かしさ……それと手軽さかな」

実は二三も同感だった。おにぎりの中身は梅干しと鮭《さけ》、タラコ、昆布佃煮《つくだに》、オカカのローテーションでまったく不満を感じない。だからコンビニで毎週新しく発売されるおにぎりを見る度に、開発者の苦労がしのばれて気の毒になったりする。

梓は味噌汁を啜《すす》って目を細めた。

「ああ、美味《おい》しい。ここへ来てお味噌汁をいただくとホッとするわ」

三原が箸を置いてカウンターを見た。おにぎりのパックは五個残っている。

「二三さん、帰りにおにぎりひとパックいただきます。今日の夕飯用に」

「あたしもね」

二三は笑顔で「ありがとうございます」と頭を下げた。

梓と三原が食事を終えて席を立つのと同時に、入り口の戸が開いてメイ・モニカ・ジョリーンのニューハーフ三人組が入ってきた。彼女たちも今や月曜ランチのご常連となっている。

「こんにちは」「お先に」「ごめん下さい」「どうぞ、ごゆっくり」

みんな口々に挨拶《あいさつ》を交して入れ替わった。すでに何度も顔を合せ、三原のマンションの花見に招待されたこともあるので、それなりに打ち解けている。

三人は勝手知ったるはじめ食堂、手際良くテーブルをくっつけ、料理を運ぶのを手伝った。閉店時間の近づく二時ちょっと前は、いつも賄いと一緒のバイキング形式となる。

「いつもゴージャスだけど、今日は特にグレード高いわ。牛丼とハンバーグよ！」

ジョリーンが派手なリアクションで声を上げると、モニカとメイも続いた。

「高校生じゃないんだから、褒《ほ》めるとこ違うでしょ。やっぱ、今日のハイライトはお店の心意気、目刺しです！」

「あ～ら、私は全部よ。一子さんの美しさも含めて」

メイはにっこり微笑《ほほえ》んで一子にウインクを送った。

「青木《あおき》、やり過ぎ」

万里のひと言で笑いが広がり、にぎやかに賄いランチが始まった。

「イワシって美味しいわよね」

モニカは目刺しを囓《かじ》ってしみじみと言った。

「安くて一杯獲《と》れるから大事に扱われないけど、ここでいただいたイワシのカレー揚げとか、丸まる太って脂の乗った丸干しとか、天にも昇りそうなくらい美味しいわ」

二三はポンと手を打った。

「モニカさん、さすが！　今度是非、旬《しゅん》のイワシをお出しするわね」

「え、今はイワシの旬じゃないの？」

「種類にもよるんだけど、丸まる太ったのは真鰯《まいわし》で、六月から十月が旬なのよ」

「へぇえ。節分になるとやたらイワシが出回るから、今が旬だと思ってたわ」

節分が近づくとスーパーの鮮魚売場にイワシが増えるのは、古来日本では魔除《まよ》けのため節分にイワシを食べる習慣があって、それが未《いま》だに続いているからだと、二三も大人になってから知った。

「ウルメイワシは十月から二月、カタクチイワシは九月から一月が旬なんだけど、特に梅《つ》雨《ゆ》の頃《ころ》に獲れる真鰯は産卵前で脂が乗っていて、一年で一番美味しいんですって」

日本有数のイワシ水揚げ量を誇る千葉県銚子《ちょうし》市では、毎年六月から七月にかけて〝うめえもん入梅《にゅうばい》いわし祭〟を催し、市内の飲食店では自慢のイワシ料理を提供している。

「イワシに限らず、青魚って本当に美味しいと思うわ」

二三の声にも力がこもった。

「高級旅館だと朝ご飯にアジじゃなくてカマスの干物なんかが出てさ、高いからありがたいんだけど、これからの一生、アジとカマスとどっち食べるかって訊《き》かれたら、私、絶対にアジ」

「イワシ、アジ、鯖《さば》、秋刀魚《さんま》……青魚の四天王ね」

一子も目刺しを箸でつまんでじっと見た。

「この四天王が食べられなくなったら、日本の食卓はとっても寂しいことになるわねえ」

「おばちゃん、今そこにある危機よ。ここんとこ秋刀魚、獲れなくなってるんでしょ？」

メイの言葉に、二三と一子は我が意を得たりと頷《うなず》いた。

「そうなの！　一昨年は少し持ち直したけど、去年はひどかったし、三年前なんか不漁で気仙沼《けせんぬま》のサンマまつりが中止になったくらい。目黒《めぐろ》さんま祭りは冷凍よ！」

「秋に美味しい秋刀魚が口に入らない時代が来るなんて、夢にも思わなかった……」

一子は情けなさそうに溜息《ためいき》を漏らした。

「昔は台所に換気扇なんてないから、どこの家も表に七輪《しちりん》を出して、そこで秋刀魚を焼いたもんよ。秋は夕方になると、あちこちの路地から秋刀魚の焼ける匂《にお》いが漂ってきて、外で遊んでいても急にお腹《なか》が空《す》いて、みんな家に飛んで帰ったわ」

その瞬間、まるで申し合せたように、ジュッと脂を滴らせながら香ばしく焼かれる秋刀魚の姿が、二三と一子の脳裏に浮かんだ。二人はうっとりと目を閉じ、思わずゴクリと喉《のど》を鳴らした。

万里はニューハーフ三人に向ってウインクし、「またやってるよ。おばちゃん二人の昭和回想録」と目顔で言った。しかし、三人は二三と一子の想《おも》いに共感したようで、それぞれ遠くを見る目になった。

「良いわねえ。昭和の原風景って言うの？」

ジョリーンが言えば、モニカも続く。

「秋刀魚って、きっと家族の味なのよ。ほら、あるじゃない、『秋刀魚の味』とか『秋刀魚の歌』とか」

「なに、それ？」

ハンバーグを頬張《ほおば》ったまま万里が訊いた。

「『秋刀魚の味』は小津安二郎《おづやすじろう》の映画、『秋刀魚の歌』は佐藤春夫《さとうはるお》の詩。中身は知らないけど」

万里は大袈裟にずっこけた。

「でも、何となく家族がテーマらしいって、タイトルから伝わってくるわ」

二三が言うと、一子が人差し指を額に当てて考える顔になった。

「あたしは聞いたことがあるような気がする。『さんま、さんま、さんま苦いか塩《しょ》っぱいか……』確か、佐藤春夫が谷崎潤一郎《たにざきじゅんいちろう》の奥さんに恋して作った歌よ。最終的には谷崎の奥さんは佐藤春夫と結婚したんじゃなかったかしら?」

佐藤春夫が「秋刀魚の歌」を発表したのは大正の後期だが、夫人を巡る谷崎との確執、所謂《いわゆる》「小田原《おだわら》事件」は当時の大スキャンダルで、昭和になっても人の記憶に残っていた。それで幼い一子の耳にも入ったのだろう。

「それとね、危機に瀕《ひん》してるのは秋刀魚だけじゃない。イカもヤバいのよ」

二三は効果を確かめるように、一同の顔をぐるりと見回した。

「二、三年前からイカの水揚げ量ががくんと落ちて、場外でもめっきり数が減ったの。スーパーなんか、刺身はあっても姿のままのイカはたまにしか出てこないし、おまけに値段は三倍よ!」

「だからイカの胆和《きもあ》えも、イカと里芋の煮物も、イカと大根の味噌煮も作れやしない。毎年冬になると小鉢で出してたのにねえ」

一子もいささか恨みがましい口吻《くちぶり》になる。

「まったく、イカや秋刀魚が高級品になるなんて、日本はこれからどうなるのかしら」

二三がやれやれと首を振ると、メイがパチンと指を鳴らした。

「皆さん、絶滅危惧種《ぜつめつきぐしゅ》はそれだけじゃないわよ」

メイは一同の注目を集めてから再び口を開いた。

「私、最近近所のスーパーでカニ缶を買おうとしたら、いきなり値段が倍になっててビックリ。それに、店に置いてる量がやたら少なくて、棚に三個くらいしかないから、スペースガラ空き！」

二三と一子は互いの顔を見合せた。はじめ食堂ではあまりカニ缶を使った料理を出していないので、二人とも実態を把握していない。

「おばちゃん、嘘《うそ》だと思ったらコンビニ覗いてごらんなさいよ。前は缶詰コーナーにちっちゃいカニ缶が定番で置いてあったでしょ？　今はないから」

「えっ？　そうなの？」

メイはわざと重々しく頷いた。

「それだけじゃありません。実はホタテ貝柱の缶詰もどんどん少なくなってるんです」

「あら、まあ」

「おまけに値段も上がってるの。カニ缶ほどじゃないけど」

「日本はどうなるんだ！」

万里は天を仰いで頭を抱えた。

「これから、回転寿司《ずし》で何喰《く》えば良いんだ？」

万里は魚が一切食べられないので、寿司屋へ行っても食べられるネタはウニ・イクラ・ホタテ・エビ・イカ・タコ、あとはかっぱ巻き、かんぴょう巻きと卵焼きくらいなのだ。

「それどこじゃないわよ」

二三は事態の深刻さを強調するように、天を指さした。

「大根と貝柱のサラダは、居酒屋の定番メニューじゃないの。あれがなくなったら大事《おおごと》よ」

冬の大根は美味しい。甘さが増し、歯触りも爽《さわ》やかになる。細切りにして少し塩を振り、水気を絞ってホタテ貝柱とマヨネーズで和え、仕上げに黒胡椒《くろこしょう》を振る。大根のシャキシャキした食感とほどよい甘さ、貝柱のあっさりした旨味《うまみ》を、クリーミーで芳醇《ほうじゅん》なマヨネーズが一つにまとめ、胡椒がピリリと引き締める。このレシピはいつ、誰《だれ》が発明したのか知らないが、今や大根のサラダでは一番人気ではあるまいか。

二三は「最後にあのサラダを作ったのはいつだったかしら？」と考えて、別のことを思い出した。

「そう言えば、年末に場外で買ったホタテの干し貝柱、前より高くなってたような……」

くるりと一子を振り向いて、心細げな声を出した。

「お姑《かあ》さん、これからどうしよう？　もう貝柱の缶詰、使えないかも」

「まあ、何とかなるわよ。ほら、前にスモークサーモンで作ったことあったじゃない？　あれも美味しかったわ」

「……スモークサーモン」

はじめ食堂ではスモークサーモンは新玉ネギと合せてサラダにするのが定番なのだが、いつだったか貝柱を切らしていて、代わりに大根と和えてみた。貝柱の持つ歯応《はごた》えとあっさりした旨味の代りに、スモークサーモンにはねっとりした食感と脂を含んだ濃厚な旨味があり、味わいは違うがそれはそれで美味しかった。

それに、鮭は養殖が成功しているから、突然に供給が途絶える心配はなさそうだ。

「良かった。私たちにはサーモンがあるわ！」

現金に笑顔になった二三を見て、ニューハーフ三人組は半ば呆《あき》れて、半ば感心して顔を見合せた。

「あたし、貝柱の缶詰でこんなに一喜一憂する人って、初めて見た」

「へ、そう？　俺《おれ》はもう見慣れた」

万里はニヤニヤ笑いながらジョリーンに応じた。

「万里君だって自分で店を持ったら、毎日食べ物のことで泣いたり笑ったりするようになるわよ」

二三はそう言って同意を求めるように一子を見た。一子は「その通り」と頷き返した。と、ほぼ同時に、二人の瞳《ひとみ》には一抹の寂しさが漂った。

もうすぐ万里は一人前の料理人に成長する。そうしたらきっと新しい挑戦を求め、はじめ食堂を巣立つだろう。二人ともその日が来たら、万里を祝福して快く送り出そうと決めている。しかし、そう遠くない将来に訪れるであろう別れの日を思うと、心に忍び寄る寂しさは如何《いかん》ともしがたい……。

二三と一子は互いに心の裡《うち》を感じ取り、もう一度小さく頷き合った。

生ビールの小ジョッキを片手に、辰浪康平《たつなみこうへい》は本日のお勧めメニューに目を凝らしていた。お通しの小松菜のお浸《ひた》しにはまだ箸も付けていない。

「今日は初メニューばっかだなあ」

カリフラワーのムース、牡蠣《かき》のバターソテー、ゴボウの牛肉巻き、菜の花と日向夏《ひゅうがなつ》の白《しら》和《あ》え、ハマグリの白ワイン蒸し……。

「気合い入れて頑張りました」

万里が得意そうに胸を反らした。

「そうだなあ……カリフラワーのムースと白和え、それから牡蠣のバターソテー」

康平はカウンター越しに万里を見た。

「このゴボウの肉巻きとハマグリ、量はどれくらいだ？」

「ええと、ゴボウは長さ四センチ大が四個付け、ハマグリは四個。ちなみに牡蠣は五個ね」

「う〜ん」

康平はメニューを置いて腕を組んだ。そして今度はカウンターの隅の一子を振り向いた。

「おばちゃん、今日のシメって何？」

「一応、真鰯の丸干しの良いのが入ったから、それとご飯セットがお勧めなんだけど、おにぎりでもお茶漬けでも、お腹の具合に合せて何でも言ってちょうだい」

康平は人生の重大な決断を迫られたかのように眉間《みけん》にシワを寄せた。最近こういうポーズが増えたのは、ひとえに四十を過ぎて胃袋の許容量が減ったからである。

「じゃあ、ハマグリのワイン蒸し。ゴボウは諦《あきら》めるわ。シメはつまみ食べ終わったところで、また」

康平は腕組みを解くと「亀泉《かめいずみ》、冷やで一合」と注文した。続いて小松菜のお浸しに箸を伸ばし、口に運んだ。

「これ、これ。あれば当たり前だけどないと困る……お浸しっつうのは、水か空気みたいだよな」

「それ、褒め言葉？」

「もちろん。〝お袋の味〟って、赤の他人が喰ったら大して美味《うま》くないのと同じだよ」

「もう、言ってること支離滅裂」

二三は笑って亀泉のデカンタとグラスを康平の前に置いた。

「でも、康平さんの言ってること、一理あるよね」

万里がガラスの器にムースを盛り付けながら言った。

「前におばちゃんが『空腹は最高のソースって言うけど、想い出も同じくらい最高のソース』って言ってたじゃん。俺、すげー納得したもん」

ムースの上には黄色いオリーブオイルと黒胡椒が少し掛かっていて、生地の白さを引き立てていた。

康平はスプーンですくって口に含み、鼻から大きく息を吐き出した。

「……美味いなあ。モンマルトルの街並が目に浮かぶようだ、なんちゃってな」

しっとりと柔らかなムースは口に含んだ瞬間、泡となって消えるかと思うほど抵抗なくとろけてしまう。しかし、カリフラワーの甘さ、バターと生クリームの豊かな風味は舌に残っている。

「どこでこんなしゃれたもん覚えてきたんだ？」

今度は二三が得意気に親指を立てた。

「暮れに、おばちゃんが銀座のビストロで喰って美味かったんだって。話聞いて、何となく作ってみた」

「話聞いただけで、よく作れるな。マジで尊敬しちゃうよ」

万里もニヤリとして親指を立てた。

「ムースはゼラチンで固めるだけだから、それほど手間じゃなかった。テリーヌはもっと面倒だけど」

二三が銀座の店で食べたムースは泡状で、下にはフォアグラのソテーが鎮座する本格的なフランス料理だった。今回万里が作ったのはもっと簡単な、基本に忠実なレシピのムースだ。カリフラワーと玉ネギをバターで炒《いた》めてブレンダーにかけ、コンソメと塩で味を調えたら生クリームとゼラチンを加え、冷蔵庫で冷やし固めて出来上がり。調理内容がゼリー寄せに似ているので、特に苦労することもなかった。

「はい、お次は白和えね」

織部《おりべ》焼《やき》風の、ベージュと緑の絵付けの小鉢に、菜の花と日向夏の白和えがこんもりと盛られていた。豆腐の代りに厚揚げを使い、すり胡麻《ごま》を練り込んでいるので、白和えと呼ぶには少し餡がベージュがかっているが、その分味は濃厚だ。餡の中からは菜の花の緑と日向夏の黄色が顔を覗かせている。

「もう、食べる前から美味いって分る」

「そりゃそうよ。康ちゃんはうちの白和えは何度も食べてるんだから」

一子の白和えの具はホウレン草と人参《にんじん》が基本だが、豆腐の餡に自信があるので、野菜果物魚介類、何を合せてもみんな美味しい。今が旬の菜の花にハウス栽培の日向夏をあしらい、甘さとほろ苦さ、酸味をひと皿にまとめてみた。

「こんばんは」

入り口の戸が開いてお客さんが入ってきた。この時間、いつもなら山手《やまて》政夫《まさお》と後藤《ごとう》輝明《てるあき》のコンビが現れるのだが、今日の二番手は菊川《きくかわ》瑠美《み》だった。

「いらっしゃい。お早いですね」

「今、銀座で打合せが終ったとこ。真《ま》っ直《す》ぐ来ちゃった」

瑠美は康平に挨拶して、カウンターの一つ置いた席に腰を下ろした。近くのタワーマンションに住む人気の料理研究家で、はじめ食堂との付き合いも五年越しになる。

「え〜と、まずはいよかんのスムージーサワー下さい。それから……」

瑠美は真剣な顔つきでメニューを見た。

「カリフラワーのムースと白和え」

二品を即決してから、悩ましげに眉《まゆ》を寄せた。

「困ったなあ、全部美味しそう。ねえ、この牡蠣のソテーとゴボウの牛肉巻きって、どれくらいの量かしら？」

「牡蠣は五個、肉巻きは四個ですけど、よろしかったら半分のサイズでお作りしましょうか?」

「あら、嬉しい。お願いします」

するとと康平が、やや遠慮がちに申し出た。

「あのう、先生、実は牡蠣のソテー頼んじゃったんです。ご迷惑じゃなかったら半分差し上げますから、肉巻き、半分いただけませんか?」

瑠美はパッと目を輝かせた。

「よろしいんですか? ありがとうございます、是非! 二三さん、私、肉巻きとハマグリのワイン蒸しね」

瑠美は注文を終えるとスムージーサワーのグラスを傾け、小松菜のお浸しに箸を伸ばした。そして、康平の前に置かれたデカンタに目を移した。

「そちらのお酒は?」

「亀泉です。果実みたいな香りと酸味、甘味があるんで、最初のビールのあとに良いんですよ」

「へえ。じゃ、私もそれにしようかしら」

「これも良いですけど、牡蠣のソテーには醸《かも》し人《びと》九平次《くへいじ》の雄町《おまち》がお勧めです。バターやオリーブオイルを使った洋風メニューに合うんですよ」

「じゃあ、それにします」

瑠美は早速同意して、カリフラワーのムースにスプーンを入れた。

「……すごく美味しい。野菜の素直な美味しさがよく出てるわ。オードブルに相応《ふさわ》しい、食欲をそそる味よね」

料理の専門家に褒められて、万里は嬉しそうに目尻《めじり》を下げた。

「おばちゃん、このゴボウの牛肉巻きは、普通に砂糖と醤油《しょうゆ》の味？」

康平が一子に尋ねた。

「それがちょっとちがうの。ねえ、万里くん」

「赤ワインとレーズンとバターを使ってる。醤油と砂糖もちょっと入れたけど、味はかなり洋風」

万里がガスの火加減を調節しながら答えた。

「じゃあ先生、どっちも醸し人九平次で正解ですよ」

ジュッという音に続いて、香ばしいバターの香りに醤油の焦げる匂いが混ざり合った。万里が牡蠣のソテーの仕上げに醤油を鍋肌《なべはだ》に垂らしたのだ。

康平も瑠美も我知らず鼻の穴を広げて、思い切り香りを吸い込んだ。

「バターとニンニクも良いけど、バターと醤油の香り、最高だなあ」

「日本人に生まれて良かったあ……」

万里がカウンターから身を乗り出して、二人の前に皿を置いた。一枚に三個ずつ、牡蠣のバターソテーが盛り付けられ、湯気を立てていた。表面に薄く付いた小麦粉はバターで焼けてカリッとした食感で、それを噛《か》むと中から濃厚な海のミルクがあふれ出す。バターと醤油の相性の良さは、牡蠣の風味と溶け合って、口の中を竜宮城にしてしまう。

康平も瑠美も言葉もなく口の中の牡蠣を呑《の》み込み、醸し人九平次のグラスに手を伸ばした。

「先生、今年も相変わらずお忙しそうですね」

二三がゴボウの肉巻きをフライパンに並べながら訊いた。茹《ゆ》でたゴボウ、人参、インゲンを牛肉で巻き、オリーブオイルで表面を焼いてから赤ワインとレーズンを入れて煮て、仕上げにバターと醤油を加えてこくを出す。簡単な料理だが、栄養バランスも見栄《みば》えも良い。

「教室の予定は変らないんだけど、飛び込みで色々と企画が入ってくるのよ。今日なんか、婚活の企画が来ちゃって」

「婚活?」

瑠美はひょいと肩をすくめた。

「そ。料理の腕を磨いて良い伴侶《はんりょ》をゲットしようって話かと思ったら、ちがうの。料理教室を出会いの場に提供しないかって。うちは生徒さんが空き待ちしてる状態なので、それはちょっとってお断りしたんだけど、しつこくてね」

「所謂お見合いパーティーも、最近は色々あるみたいですね」

二三は以前新聞で読んだことがあった。

「陶芸とか、俳句とか、千葉ロッテマリーンズを応援に行くツアーとか、同じ趣味の人を集めてお見合いさせる企画が」

「確かに、趣味が同じなら話も合うから、成功率も高いかも」

万里が納得顔で頷いた。

「万里、料理できて良かったな。最近は料理男子、モテるらしいぞ」

「俺がモテるのは前からです。それより、康平さんも料理習った方が良いんじゃないの？そろそろ『結婚できない男』から『まだ結婚できない男』に近づいているよ」

「バ〜カ。料理習ったくらいで嫁が見つかるなら、自炊してる男に独身はいねえよ」

「そうそう。なにしろ料理教えてる私が嫁に行ってないんだから」

瑠美は自分を指さして、明るい笑い声を立てた後で、少し真面目《まじめ》な顔になった。

「ただ、男女問わず、最低限の料理は出来た方が良いと思うんですよ。現実に一人暮らしのお年寄りが増えてますから。いつでもコンビニが開いてるとは限らないし、毎日コンビニのお弁当っていうのも身体《からだ》に良くないですしね」

「さしずめ後藤さんだな。ここで晩飯喰わなかったら、絶対に栄養偏《かたよ》ってる」

「康平さんも他人事《ひとごと》じゃないわよ。お母さんが元気なうちにお嫁さんもらわないと、自炊男子の仲間入りよ」

二三がやんわり釘《くぎ》を刺しても、康平は何処《どこ》吹く風だ。

「そう言えばゲイのカップルが自炊するドラマ、あったよなあ」

「『きのう何食べた？』でしょ？　私、あれ大好き！」

「先生はあそこに出てくる料理なんか、楽勝じゃないですか？」

瑠美はじれったそうに首を振った。

「料理じゃなくて、二人で一緒に食べるとこが」

瑠美は牡蠣のバターソテーとゴボウの牛肉巻きを見下ろした。

「教室では生徒さんとアシスタントに囲まれてるけど、部屋に帰れば一人でしょ。料理するのが虚《むな》しくて」

語尾は小さな溜息に包まれた。明るい人気料理研究家の顔の下から、素顔の瑠美が顔を覗かせているようだった。

「実家は会津《あいづ》だけど、もう兄夫婦の代になってるから、昔と同じってわけには行かないし……。それに、大学から東京に出てきたんで、東京生活の方が長いんですよね。時々、このまま年を取って仕事が出来なくなったらどうなるんだろうって考えると、どよ〜んと暗くなっちゃって」

最後は冗談めかした口調になったが、瑠美の心境を聞いて、二三は胸を衝《つ》かれた。もしはじめ食堂と出会わなければ、高《たかし》と結婚して家族に恵まれなければ、二三もまた同じ寂しさを抱いてキャリアウーマンを続けていたかも知れない。

「先生、大丈夫っすよ！　まだこれからっす！」

「先生は生涯現役です！　終身料理研究家！　長嶋茂雄《ながしましげお》みたく」

万里と康平のエールはとんちんかんだが、思いやりと気遣いに満ちていた。

「ありがとうございます。これからも頑張ります！」

瑠美は笑顔で答えた。


「実は私も万里に賛成。康平さんはそろそろヤバいと思うよ」

その夜、例によって閉店時間の九時を過ぎてから帰宅した要《かなめ》は、ビール片手にカリフラワーのムースを口に入れ、「んま～～！」と叫んでから言った。小さな出版社で編集者をしているので、帰宅はいつも遅くなる。

「でも、辰浪酒店は商売順調だし、家も土地も自分のもんだし、康平さん本人は見てくれも悪くないし、条件としてはそんなに悪くないんじゃない？」

二三が言うと、要は人差し指を立ててメトロノームのように振りながら「チッ、チッ」と舌打ちした。

「お母さん、甘い。大会社ならいざ知らず、個人商店で両親同居なんて、結婚相手としては超嫌われるんだよ」

「そうなの？」

万里が首を傾《かし》げると、要はバカにしたように鼻にシワを寄せた。

「同期が婚活本の編集やったから、聞いてんのよ。こんなに景気悪くなってるのに、女は条件落とさない、本音は三高だって。三大人気は医者、高級官僚、大企業のエリート社員」

「よく言うよなあ、自分のことは棚に上げて」

「しょうがないじゃない、それが女という生き物なんだから。条件下げてまで結婚したくないのよ。実は日本の少子化の原因は、保育園が足りなくて女性が産む子供の数が減ったからじゃなくて、結婚する数そのものが減ってるからなの。今や五十歳時の未婚割合は男性二十三パーセント、女性十四パーセント。男の五人に一人、女の七人に一人が独身なのよ」

「だってほら、菊池《きくち》桃子《ももこ》の旦那《だんな》、確か六十歳で初婚だったじゃん」

「あの人は日本でもトップクラスの高級官僚でしょ。一般庶民と一緒にしたらダメよ」

要と万里のやりとりを聞きながら、二三と一子はそっと目を見交わした。要の言葉は二人の胸には重く響いていた。

そもそもはじめ食堂の常連客だった二三が一子の息子・高と結婚したのは、妻を亡くした高が男やもめを通しているのを不審に思い「どうして再婚しないの？」と訊いたのが切っ掛けだった。

その時、高の代りに一子が答えた。「うちみたいな条件の悪いとこは、嫁さんの来手がないのよ。自営で、おまけに母一人子一人じゃない。この前、日本人は無理だから、中国人かフィリピン人を紹介するって言われたわ」と。それで二三は思わず口にしたのだ。

「そんなら、私が行こうか？」そして……。

しかし、二三と高の場合は、出身大学が同じで気が合ったこと、二三が一子に亡き母親の面影を重ねて慕っていたこと、この二つの要因が働いた。それがなければ高と結婚したかどうか、二三にも自信がない。

「アンケートの結果分ったのは、女が結婚相手に求めるものは『家事や子育てを手伝ってくれる』じゃなくて、『高収入』だってこと。小倉千加子《おぐらちかこ》って学者が『結婚はカオとカネの交換』だって言ったけど、露骨に結果出ちゃった感じ」

「考えてみれば、女優は青年実業家とくっつくよなあ」

万里は何人かの女優の顔を思い浮かべたのか、ブツブツ言いながら指を折った。

一子はゆっくりとほうじ茶を啜り、要と万里を見比べた。

「あたしは古い人間だから、康ちゃんもだけど、菊川先生のことも気になるわ。まだ充分お若くておきれいなのに、結婚するつもりはないのかしら？」

「そうよね。先生って、まだ四十ちょっとでしょ？」

「四十三歳。今年の十二月で四十四」

二三の問いに要が即答した。実用書の編集部にいた頃瑠美の担当者だったので、年齢くらいは知っている。

「だったら充分可能性ありじゃん。滝川《たきがわ》クリステルだって四十一歳で小泉進次郎《こいずみしんじろう》と結婚したんだし」

「だから、芸能人は別枠だって」

要は蠅《はえ》でも追い払うように手を振ったが、二三も万里の言葉に共感した。

「そんなこと言うけど、先生だってある種芸能人じゃない？　テレビにも雑誌にもいっぱい出てるし」

「まあ、似てるとこはあるけど。人気商売ってとこも」

要はほんの少し顔をしかめた。

「でも、先生の場合は難しいよ。本人のステータス高いから、釣り合う相手となるとバツイチとかでしょ。それに、今まで人に頭下げられて仕事してきたのに、今更旦那に頭下げるのもウザイかも知れないしさ」

一子は昔、孝蔵《こうぞう》とはじめ食堂を営んでいた頃常連客だった佐伯直《さえきすなお》のことを思い出した。優秀な心臓外科医だったが、仕事一筋だったのか、生涯結婚はしなかった。確かに本人のステータスが高いと、釣り合う相手はなかなか見つからないかも知れない。でも……。

「康ちゃんも菊川先生も、条件じゃなくて人柄よ。人柄を見て好きになってくれるお相手が現れると良いんだけどねえ」

「お祖母《ばあ》ちゃんの言うのは恋愛だよね。恋愛だったら何でもありだよ」

要は訳知り顔で付け加えた。

「まあ菊川先生の場合、相手に経済力やステータスを求めないっつう手もあるけど」

「年下のイケメンでビンボーな奴とか？　それって俺じゃん」

「もう、ホントーにバカ」

要は万里の肩を軽くはたき、牡蠣のソテーにかぶりついた。

翌日の午後四時過ぎ、二三と一子が二階から食堂に下りてきたところで、入り口の戸が開いた。万里かと思ったら違う。

「すみません、まだ準備中……」

言いかけて二三は口を閉じた。康平の両親、辰浪悠平《ゆうへい》と京子《きょうこ》夫婦だった。

「お忙しいところをお邪魔して申し訳ありません」

「二、三分で結構なんで、ちょっとお話を伺えませんか？」

一子も食堂に下りてきて頭を下げた。

「いつもお世話になっております」

「息子さんにはご贔屓《ひいき》にしていただいて、ありがとうございます」

二人は悠平と京子に椅子《いす》を勧めた。悠平は六十五歳、京子はそれより二、三歳下のはずだ。現役で客商売をしているせいか、二人とも実年齢より若々しい。いや、最近の六十代は昔よりずっと若々しく、老人というカテゴリーに当てはまらなくなった。

「前置き抜きでズバリ伺いますが、お二人の目から見て、息子には誰か意中の女性がいるでしょうか?」

二三も一子も思わず「さあ?」と首を傾げた。

それを見て、悠平と京子は「やっぱり」という風に頷き合った。

「あのう、康平さんに何か?」

「私も女房も、このままでは康平は一生結婚できないんじゃないかと心配なんです」

「店で働いていると、年頃の女性と出会う機会がありませんからねえ」

「弟の方はすぐに相手が見つかったんですが」

康平の弟順平《じゅんぺい》は大学卒業後酒造メーカーに就職し、職場で知り合った女性と結婚して、すでに子供が二人いた。

「これまでも何度かせっついてみたんですが、どうも本人は全然その気がないみたいで」

「モタモタしているうちに、四十を過ぎてしまいました。もう限界です。今手を打たないと、私たちが死んだら、息子は独居老人になって孤独死してしまいます」

京子の口調は切羽詰まっていた。二三も一子も、その親心を笑う気にはなれない。

「それで、私たちは息子の婚活を始めることにしました」

悠平の言葉に、二三と一子は同時に「はあ？」と間の抜けた声を出した。

「忙しかったり、その気がなかったりで婚活できない子供に代って、親が代理でお見合いをする会があるんです。そこに入って、息子の相手を探すことにしました」

「なるほど」

「それは良いお考えですね」

京子の説明で、二三と一子はやっと得心がいった。

「そんなわけで、息子がお宅へやって来たら、それとなく婚活を勧めるような、そんな感じでお願いできませんか？」

そんな感じと言われてもどんな感じかよく分らないが、二三も一子も康平が幸せな結婚をしてくれるように願っている。婚活を応援するのはやぶさかではない。

「私どもでお役に立てるかどうか分りませんが、出来る限り応援させていただきます」

「康平さんにご両親のお気持ちが伝わるように、それとなく話を向けてみますので」

悠平と京子は椅子から立ち上がり、「よろしくお願いします」と声を揃《そろ》えて頭を下げた。

二人が店を出るのと入れ替わりに、万里が入ってきた。後ろ姿を振り返り、二三に尋ねた。

「今の、酒屋のおじさんとおばさんじゃん。どうしたの？」

「親心よ。何だか切ないわ」

二三は簡単に事情を説明した。一緒に働いている以上、黙っていても何かの拍子に分ってしまうかも知れない。それに変に秘密めかすより、開けっぴろげにして笑い話にしてしまった方が、康平も気が楽ではないかと思ったのだ。

「親って大変だな。子供が幾つになっても心配しなくちゃなんなくて」

万里も康平の両親の親心に感じるものがあったのだろう。笑うこともなく、素直に同情を口にした。

そして、二三にとっても全くの他人事ではない。

「あと十年もしたら、私も要の代りに、代理お見合いの会に入るのかしら？」

万里も憂鬱《ゆううつ》そうな顔で溜息を吐《つ》いた。

「うちの親も、絶対入りそう」

一子は二人の肩をポンポンと叩《たた》いた。

「いくら親が張り切ったって、最後は本人の気持ちだからね」

「そりゃそうだ」

一子のひと言で二三も万里もすっきり気持ちが切り替わった。三人はそれぞれ仕込みに取りかかった。

「いや〜、参ったよ。うちの親父《おやじ》とお袋、代理婚活の会に入会しちゃってさ」

夕方、口開けの客となった康平は、むしろ楽しそうに話し出した。

「ありがたいことじゃない。子供のためにひと肌もふた肌も脱ごうって言うんだから」

「ま、たまに夫婦で出掛けるのも気晴らしになると思って。これも親孝行かな」

二三は康平の前におしぼりとお通しを置いた。今日のお通しは高野豆腐と干し椎茸《しいたけ》の含め煮。ほんの少し甘めの味付けだ。

康平はおしぼりで手を拭《ふ》きながら、メニューをチェックし始めた。

「ええと、まずは小生。それと……焼芋のブルーチーズ焼？　新作じゃん」

「BSの『孤独のグルメ5』に出てきた。美味いよ」

「よし、それ。あとは菜の花の辛子《からし》マヨネーズ、牛肉の柳川《やながわ》風……青柳《あおやぎ》のかき揚げも美味そう。あっと、菜の花とハマグリのクリーム煮だって。菜の花だしなあ……」

康平がメニューに迷っていると、山手と後藤が入ってきた。日《ひ》の出《で》湯《ゆ》帰りらしく、テカテカした顔をしている。

「よう、久しぶりだな」

「おじさん、たった三日会わなかっただけだよ」

「風流を解さねえ奴だな。一日千秋って言うだろうが」

「やめてよ、相手が若い女の子ならともかく」

いつものようにわいわいにぎやかなやりとりの後で、すみやかに注文が決まってゆく。

三人が生ビールで乾杯し、ジョッキを半分ほど空けた時、新しいお客さんが入ってきた。

菊川瑠美と桃田《ももた》はなの二人連れだ。

「いらっしゃい。珍しい組み合わせですね」

「表でバッタリ会っちゃって」

二人はカウンターの、康平と山手・後藤の間の席に腰を下ろした。

「私、いよかんのスムージーサワー」

「私は生ビール、小ジョッキ」

はながメニューを広げると、瑠美が康平の方に身を乗り出した。

「すみません、本当は昼間、お店の方に伺ってお話しするべきなんですけど、せっかくここでお目に掛かったので……」

「なんでしょう?」

瑠美の表情は真剣で引き締まっている。康平はいくらか気圧《けお》されたような顔でグラスを置いた。

「実は出版社から、日本酒に合うスイーツの企画を持ち込まれたんです。私としてはこちらで美味しい日本酒をいただいて、どんどん好きになっているので、少しでも日本酒の可能性を広げる提案が出来たら嬉しいと思って、お引き受けしました。それで……」

瑠美は康平に、日本酒についてレクチャーして欲しいと頼んだ。

「私は専門的な知識がないので、日本酒にどんな種類があるのかも知りません。だから大まかな知識だけでも教えていただきたいのと、出来れば日本酒に合せたスイーツの味見もお願いしたいんです」

「ああ、良いですよ。俺、日本酒も甘いもんも好きなんで」

康平はいたって気軽に引き受けた。

「ああ、良かった。安心しました」

瑠美の表情が和らいで笑みが浮かんだ。

「でも康平さん、日本酒ってスイーツに合うの？　刺身とおでんのイメージなんだけど」

はながが瑠美の横から顔を出した。

「それが意外といけるんだよ。おせち料理には栗《くり》きんとんや黒豆があるだろ？　酒まんじゅうもあるし、確か木村家のあんパンには酒種が入ってるはずだ」

「へえ、そうなんだ」

万里がカウンター越しに首を伸ばした。

「俺が昔バイトしてた店の店長は、呑み会っていうとかならずつまみに豆大福喰ってたぞ」

「私はシャンパンに苺《いちご》を合せるって『プリティ・ウーマン』を観《み》て初めて知ったわ」

二三もつい口を出した。はなと万里は三十年前に公開されたその映画を知らないだろうが、瑠美は我が意を得たりと頷いた。

「そうなんです。ワインにはデザートワインもあるし、食前から食後まで色々な場面で呑まれてますよね。私は日本酒にもそういう、幅広い呑み方をご提案したいんです」

瑠美がスムージーサワーのグラスを干すと同時に、菜の花とハマグリのクリーム煮の皿が運ばれてきた。

「康平さん、このお料理にはお酒、何が良いですか?」

「今日は人気一《にんきいち》がお勧めです。今年から取引きを始めた酒蔵ですが、さっぱり爽やかで、どんな料理にも合います」

「じゃ、二三さん、人気一を一合ね」

瑠美はクリーム煮の皿に目を落とし、チラリと微笑んだ。菜の花とハマグリのクリーム煮は、二三が瑠美の書いたレシピ本を読んで作ったのだ。

「菜の花って春のイメージだけど、実際の旬は冬なのよね。四月にはもう終っちゃうし」

菜の花の辛子マヨネーズを箸でつまんで、はなが言った。

「花の命は短くて……。命短し恋せよ乙女、だな」

山手が二つの詩をごっちゃにして言った。

「そう言えばはなちゃん、婚活してる？」

「急に、どしたの、康平さん？」

はなはキョトンとした顔で問い返した。

「いや、俺の親父とお袋がさ、俺の代りに婚活始めちゃったんだよ」

「どゆこと？」

はなだけでなく、山手も後藤も瑠美も話が見えない様子だ。

「ほら、聞いたことない？　子供の代りに親同士が見合いして結婚相手探すって集まり。うちの親がそこに入会するんだってさ」

「へえ」「ほう」「はあ」「ああ」

四人のご常連は咄嗟《とっさ》に言うべき言葉が見つからず、締まりのない声で応じた。

「そんなんでうまく行くの？」

「さあな。中には成功した人もいるんだろ。そうじゃないと会が続かないだろうし」

「しかし康平、そう悪い話じゃないと思うぞ。なあ？」

山手が同意を求めると、後藤もすんなり頷いた。

「私は見合い結婚なんで、言うなれば親が代理で婚活したようなもんです。だから康平さんのご両親の行動が、それほど突拍子もないことだとは思えないです」

「俺も似たようなもんだな。親戚《しんせき》の仲人《なこうど》おばさんに、似合いの娘がいるから会ってみろって勧められて、それが今の女房だ」

「仲人おばさん……。懐かしいわ！」

瑠美は壁の中にアンモナイトの化石を発見したかのような口調で言った。

「そうかあ……見合いか」

康平は一子を振り向いた。

「おばちゃんの時代はみんな見合い結婚だったの？」

「さあねえ。あたしは大恋愛だったけど、同級生にはお見合いの人もいたし……どっちが多かったのかしら？」

一子は孝蔵一筋で、周囲の恋愛や結婚にはまるで興味がなかったから、他の人のことは分らない。

康平は今度ははなに向き直った。

「というわけで、はなちゃんも婚活するなら早い方が良いぞ。人間、年取るに連れて勢いやパワーがなくなるからな」

「その通り！」

瑠美がポンと膝《ひざ》を打った。

「昔は適齢期なんかないと思ってたけど、やっぱりあるのよ。若さと共に、勢いとパワーも消えてくもの」

「年取ると、リスク取れなくなるんだよなあ」

「リスクマネジメントばっかり考えるようになって」

「結婚なんてリスクの塊だもんなあ」

康平と瑠美のボヤキ漫才に、万里は打ちのめされたようにガックリと首《こうべ》を垂れた。

「やっぱ、俺の親も代理婚活の会に入るんだろうか」

「私も入っちゃうのかしら」

二三も続いてうなだれた。

「大丈夫だよ、二人とも！」

はなが元気な声で言った。

「万里も要さんも、ちゃんと結婚できるから」

「はなに保証してもらってもなあ」

「万里君もふみちゃんも、はなちゃんが応援してくれたら一騎当千よ。大船に乗った気でいらっしゃい」

一子は万里と二三に微笑みかけた。

翌週の水曜日、建国記念日の翌日のことだった。

「昨日、ついに行ってきた、うちの親」

午後営業の店を開けるやいなや、待ちかねたように飛び込んできた康平が言った。

「代理婚活の会？」

カウンターに腰掛けながら、康平は何度も頷いた。

「で、どうだった？　成果あった？」

質問したのは二三だが、一子も万里も興味津々だ。

「二人とも気に入った候補がいたんで、向こうの親と話して、今度の土曜に会うことになったってさ」

「他人事みたいに言ってるけど、会うのは康平さんでしょ」

「ねえ、どんな人？」

万里がカウンターから身を乗り出した。

「化粧品会社の社員。女性の多い職場で、婚期が遅れたんだって」

「写真とか、見た？」

「一応」

「美人？」

「まあまあ」

二三はカウンターの中で万里とハイタッチした。

「で、うまく行きそう？」

「それは会ってみないと分んないよ。向こうの好みだってあるし」

「そうよね」

二三はおしぼりとお通しを持っていった。今日のお通しはきんぴらゴボウ。ランチでも出した小鉢の一品だ。康平は生ビールの小ジョッキを注文した。

「今月は天皇誕生日もあるし、お休みが増えて良かったわね」

一子がカウンターの端から声をかけた。

「今日はブリの照り焼きが美味しいわよ。シメで、ご飯と食べる？」

「うん、そうする」

康平はメニューを開いてじっくり眺めた。

「カリフラワーのムース、酒盗&クリームチーズ、タコと菜の花の塩麹《しおこうじ》炒め、アサリ豆腐ね」

万里はまずカリフラワーのムースを出した。

「こういう、チーズに珍味を載っけたおつまみは、今じゃ居酒屋の定番メニューだけど、最初に考えた人はえらいよね」

「まったく。初めてクリームチーズにチャンジャ載せて喰ったときの感動は忘れられないよ」

康平は生ビールを飲み干し、栃木《とちぎ》の酒大那《だいな》を頼んだ。

「そう言えば康ちゃん、菊川先生のお仕事はどうなってるの？」

「良い感じだよ。この前、日本酒のおよその種類については説明して、資料渡してきた。先生は今、日本酒に合うお菓子を試作中。完成したら、味見させてもらうことになってる」

康平は皿に添えられたクラッカーにクリームチーズを塗り、酒盗を載せて一口囓った。

「う〜ん、美味い。カリフラワーのムースが清純派アイドルなら、こっちは美魔女だな」

そして、何か思い付いたように食べかけのクラッカーを皿に戻した。

「土曜日、相手の人をここへ連れてこようか？」

「ホント？　大歓迎。俺、張り切っちゃう」

万里ははしゃいだ声を出した。二三も一子も一緒に喜ぼうとして、ハッと気が付いた。

「康ちゃん、それはやめた方が良いわ」

「私もそう思う」

康平も万里も納得のいかない顔をした。

「気持ちは嬉しいけど、いきなりここはマズいわ」

「最初は気取ったお店に連れてってあげないと、ケチだと思われるわよ」

「でも、見栄《みえ》張るのもなあ」

「お見合いは、人間が一生で一番見栄を張らないといけない場所なの。ここで張らずに何処《どこ》で張るの」

「何度かデートして、ある程度気心が知れてからならともかく、最初はやっぱりマズいわよ」

　二三は万里を振り向いてダメを出した。

「万里君も、好きな人が出来たら、最初は思いっきり見栄張るのよ」

「な、なんで話がこっちに来るの？」

　万里はタジタジとなったが、康平はある程度納得したようだ。

「うん、分った。気心が知れたら、ここへ連れてくるよ」

「楽しみにしてるからね」

　一子が笑顔で答えると、康平はカウンターに頬杖《ほおづえ》を突いた。

「でも、面倒臭いよなあ」

「しょうがないわよ。見知らぬ二人が知り合って、カップルになり、家族になるには、それなりの段階を踏むことが必要だもの」

「それに、相手の人に好意を感じたら、段階を踏むのも楽しくなるんじゃない？」

「そうかなあ」

　ガラリと戸が開いて、菊川瑠美が入ってきた。

「こんばんは！」

新企画の仕事が順調らしく、顔が生き生きしている。早速康平と挨拶を交してカウンターの席に着いた。

「先生、日本酒に合せるスイーツ、うまく行ってるみたいですね」

「康平さんのお陰よ。日本酒は作り方の他に、香りの違いとか、色々な分け方があるって、本当に勉強になったわ」

康平は褒められて嬉しいのだろう、楽しそうに聞いていた。

「ビックリしたんだけど、日本酒って餡子とは相性が良いのね。羊羹《ようかん》とか、合うのよ」

「ええっ？」

一同、驚いて声を上げたが、万里は感心した顔になった。

「日本酒で豆大福喰ってたあの店長、変態じゃなかったんすね」

「それと、チーズケーキやチョコレートとも相性が良いんですって。ウイスキーやブランデーでチョコレートは有名だけど、まさか日本酒も合うなんて」

瑠美は自分のアイデアに興奮して、目を輝かせた。

「私、パフェやアイスクリームに挑戦しようと思うの。意外性、大でしょ？」

その夜のはじめ食堂も、いつものようにお客さんが訪れて、和気《わき》藹々《あいあい》として盛り上がった。

二三は菜の花の白和えを盛り付けながら、黄色い菜の花畑を思い浮かべた。そして康平の婚活も見事花開くようにと、願わずにはいられなかった。

第二話

牡蠣よ、さらば

「牡蠣《かき》フライ！」

ワカイの若いＯＬが元気に声を張った。

「私も、牡蠣フライね！」

四人グループの残り三人もユニゾンで牡蠣フライを注文した。全員昨日もランチにきてくれて、今日牡蠣フライを出すと予告すると、予約してくれた。

「牡蠣フライ四つ！」

二三《ふみ》も負けずに声を張り上げ、カウンターの向こうに注文を通した。ランチタイム、満席のはじめ食堂はお客さん同士の話し声で結構にぎやかだ。小さな声では厨房《ちゅうぼう》に通らない。

特に、今日の日替わり定食の一品は人気の牡蠣フライなので、お客さんたちも気合いが入っているらしく、店に入ってきたときから目の色が違う。食べる気満々だ。

日替わり定食のもう一品はレバニラ炒《いた》め。焼き魚は赤魚の粕漬《かすづ》け、煮魚はカジキマグロ、ワンコインはジャージャー麵《めん》。小鉢は春キャベツのペペロンチーノと卵豆腐。味噌汁《みそしる》はカブ、漬物は京菜の糠漬《ぬかづ》け。これにドレッシング三種類（フレンチとノンオイルとサウザン）かけ放題のサラダがつく。特に安いとは言えないが、内容を考えれば良心的なことは、リピーターの多さが物語ってくれる。

それにしても、今日のランチタイムはいつもより女性の比率が高い。それはきっと、今日が雛祭《ひなまつり》だからだ。

「やっぱり、今年もついてきた」

定食の盆の端を見て、女性客がニコッと笑う。そこには雛あられの小袋がちょこんと載っていた。

「女性限定サービスです。来年もご贔屓《ひいき》に」

二三は明るく言ってカウンターに引き返した。焼き魚定食が二つ、出来上がって載っている。慣れた動きで二つの盆を両手に持ち、テーブルに運んだ。

「ご馳走《ちそう》さま。これ、ありがとね」

帰り際、ワカイのOLは雛あられを手に持って、小さく振った。

「おやつタイムにいただくわ」

「ありがとうございました！」

特売で買った雛あられの小袋など金額にすればいくらでもないが、こんな小さな事の積み重ねが常連さんを育てるのだと、二三は思っていた。二三だけでなく、一子《いちこ》も万里《ばんり》も思いは同じだろう。大袈裟《おおげさ》に言えばそれが「はじめ食堂精神」なのだ。

一時を過ぎると、潮が引くようにお客さんたちが引き上げる。

「ギリギリ、危なかった」

万里がバットに残った牡蠣フライを見て呟《つぶや》いた。衣を付けた牡蠣は十五個、つまり三人前しか残っていない。このあとで来店するご常連、野田《のだ》梓《あずさ》と三原《みはら》茂之《しげゆき》も昨日牡蠣フライを予約しているので、あと二人牡蠣フライのお客さんが現れたら、一人は断らなくてはいけなかった。店として売り切れは避けたいところだ。折角のお客さんの期待に応《こた》えられないのは申し訳ない。

「でも、予約が取れるとありがたいよね。仕入れに無駄が少なくて」

牡蠣フライの予約状況で、他の定食の売れ行きもおよその計算が立つ。レバニラ炒めは注文が少ないと予想して五人分しか用意しなかったから、大量に余りを出さずにすんだ。

「万里君のお昼とお土産《みやげ》にちょうど良い量ね」

一子が言うと、万里は振り向いてぐいと親指を立てた。万里の両親は教師で共働きなので、息子がはじめ食堂から持ち帰る余り物で夕飯を食べる。毎日美味《おい》しい料理が食べられて、二人とも喜んでいるという。それが息子の手作りとなれば、きっと美味しさもひとしおだろう。

「こんにちは」

時計の針が一時二十分を回った頃《ころ》、梓が、続いて三原が入ってきた。

「牡蠣フライね！」

梓が嬉《うれ》しそうに注文を口にする。

「昨日から待ってたのよ」

「僕もです。牡蠣フライは特別感ありますよねえ」

三原も笑顔で相槌《あいづち》を打ち、カウンターで定食をセットしている二三に尋ねた。

「牡蠣は、今月いっぱいですか？」

「はい。Rの付く月はOKって言われてますけど、やっぱり四月の牡蠣はありがたみが減るような気がして」

「なるほど、確かに」

万里が牡蠣を油に投入した。油の弾《はじ》ける軽快な音に続いて、香ばしい匂《にお》いが立ち上った。

「一年中何でも手に入る時代だからこそ、季節感を大事にしたいと思うんですよ」

カウンターの隅の椅子《いす》に腰を下ろしている一子が言った。

「豚汁《とんじる》と牡蠣フライは十一月から三月まで、ブリ大根は冬限定、冷や汁と冷やし中華は夏限定……。そうやって食べられない期間があるから、人気があるんじゃないでしょうか」

一子の言葉に、梓と三原は納得した顔で頷《うなず》いた。

「言われてみれば、僕は冷やし中華が好きだけど、夏しか食べられないから余計に食べたくなるのかもしれない」

「ラーメン屋さんに『冷やし中華始めました』って紙が貼《は》ってあると、夏が来たって気がするものね」

二三も思い出したことがある。

「私はかき氷。やっぱりあれは、真夏の食べ物よ」

「素麺《そうめん》!」

梓が言った。

「ざる蕎麦《そば》は夏冬関係ないのに、素麺は夏なのよねえ。不思議だわ」

「そう言えば昔、夏のイベントで流し素麺やったよね。野田ちゃんも応援に来たじゃない」

「うん。サブリナから三人で行った。懐かしいわあ」

サブリナとは梓が勤める店の名だ。はじめ食堂のランチに来るときはスッピンにメガネ姿で女教師か古手のOLに見えるが、実は銀座の老舗《しにせ》クラブでチーママを務めている。二三が大東《だいとう》デパートの衣料品バイヤーだった頃からの付き合いだ。婦人衣料部門がサブリナを接待に使っていた関係で、パーティーやイベントにはホステスたちが接待に出張したし、高い服を買ってくれることもあった。

あの頃はバブルで、景気が良かったから……。

と、二三は流し素麺からの連想で思い出した。

「そう言えば学生時代、デパートの催事場で流し素麺食べ放題の店があってさ。食べ盛りだから大喜びで入ったら、素麺は食べ放題だけど、おつゆは一杯ごとにお金取るのよ。詐欺よね、あんなの」

「おばちゃん、学生時代って何十年前？　よくそんな昔のこと覚えてるよね」

揚げたての牡蠣フライを皿に盛っていた万里が、呆《あき》れた声で言った。

「食い物の恨みは怖いのよ」

二三は牡蠣フライの皿を定食の盆に載せ、二人のテーブルへ運んだ。梓の盆には雛あられが置いてある。

梓は二三に目を向けて、小さく微笑《ほほえ》んだ。

「お心遣い、ありがとうございます」

「どう致しまして」

梓も三原も箸《はし》を割り、至福の時間に突入した。

「牡蠣はやっぱり牡蠣フライよねえ」

梓は三個目の牡蠣を箸でつまみ、確かめるようにじっと見た。

「あたし、焼き牡蠣とかグラタンとかアヒージョとか、他の料理も色々食べたけど、やっぱり最後は牡蠣フライに戻るのよね」

「特にはじめ食堂の牡蠣フライは、揚げ方も絶妙です。衣がカラッと揚がっていて、中はジューシー……ミディアムレア。万里君も腕を上げたね」

万里はニヤリと笑って「ありあとっす」と一礼した。

「でも、本当にすごいのはおばちゃんっす。俺《おれ》のはおばちゃん直伝っすから」

万里はカウンターの一子に顔を向けた。

「一子さんは名人だったご主人からの直伝ですか？」

一子は恥じらうように首を振った。

「いいえ、とんでもない。亭主が生きてるうちは、あたしは店の厨房には入りませんでしたよ。ただ、門前の小僧って言うか、長年横で見ていて、何となく揚げ物のタイミングを覚えたんでしょうね」

一子は頼もしそうに万里を見上げた。

「今じゃ、万里君の方が上かもね」

「いや〜、俺って天才かも」

万里は腰に両手を当てて仁王立ちになり、天を仰いだ。ここに要《かなめ》がいたら、間違いなく「バ〜カ」とツッコミが入るだろう。

「三原さん、一度伺いたかったんですけど、牡蠣フライってフランス料理なんですか？」

二三はついでに訊《き》いてみた。帝都《ていと》ホテルの元社長なら、フランス料理も詳しいはずだ。

「日本料理です。正確に言えば洋食ですが、所謂《いわゆる》洋食は日本人が発明した日本料理ですからね。確かトンカツを発明した銀座の煉瓦亭《れんがてい》の初代が、揚げ物に合う素材をあれこれ試して、牡蠣フライを発明したと聞きました」

「あら、それじゃ、外国には牡蠣フライはないんですか？」

「フランス料理にはないはずです。生牡蠣は有名だし、ソテーしたり、グラタンのように生クリームやチーズをかけて焼いた料理はありますが、フライはありません」

三原は即答した。帝都ホテルの元社長の経歴は伊達《だて》ではない。

「外国のパーティーで生牡蠣に群がっている人たちを見る度に『ああ、この人たちは一生牡蠣フライを食べないまま死ぬんだな』と思って、気の毒になったもんですよ」

そう言うと最後の牡蠣にかぶりつき、幸せそうに目を細めた。

「……流し素麺！」

二三から流し素麺にまつわるエピソードを聞くと、辰浪康平《たつなみこうへい》は思い出し笑いをした。

「なに、いきなり？」

二三はビールのジョッキを康平の前に置いて訊いた。今日のお通しはランチの小鉢、卵豆腐だ。

「いや、ほら、家庭用流し素麵器ってあるじゃない？」

「ああ、あの流れるプールみたいに、グルグル回るやつでしょ？　あれ〝流し素麵〟じゃなくて〝回し素麵〟よね」

康平は生ビールのジョッキを傾け、三口ほどゴクゴクと飲んでから話を続けた。

「俺も長らくそう思ってたけど、この前とんでもないものを見た」

康平はジーンズの尻《しり》ポケットからスマートフォンを取り出し、写真を選んで画面に出した。

「ほら！」

二三も一子も万里も康平の周りに集まって、画面を覗《のぞ》き込んだ。画面には水色のプラスチック製の器具が映っている。遊園地のプールにあるウォータースライダーのように、滑り台が幾重にも渦を巻いて中心の柱を巡っていた。

「これ、流し素麵の器械？」

「イエス。タカラトミーのそうめんスライダー〝ビッグストリーム〟」

「こんなもの、どうしたの？」

「弟が買ったんだよ」

康平の弟の順平《じゅんぺい》には子供が二人いる。康平の話では二人とも保育園児だった。

「一万七、八千円したって。玩具《おもちゃ》とも言えないよな」

康平はスマートフォンを操作して今度は動画を映した。そうめんスライダーの周りで二人の幼児がはしゃぎ回っている。器械はかなり大型で、幼児の背丈と同じくらいの高さがあった。順平と順平の妻がボウルを片手に「行くよ〜！」と掛け声をかけ、素麺を流している。箸を握った幼児たちは危なっかしい手つきで素麺をすくい、嬉しそうに汁につけて啜《すす》った。微笑ましい光景だが、一家はまだ冬服だ。

「届いたら夏まで待てないで、早速流し素麺やったって。写真と動画送ってきた。バカだよねえ」

二三は思い切り首を振った。

「羨《うら》ましいわ。私が子供の頃にこんな器械があったら、毎日家で流し素麺出来たのに」

「おばちゃん、流し素麺はイベントでやるから良いんだよ。家でやってたら飽きるって」

「俺もそう思う。まあ、弟のとこは子供が小さいから、コミュニケーションツールとして使ってんだろうけど」

康平はスマートフォンを尻ポケットにしまい、メニューに目を走らせた。

「青柳《あおやぎ》とワケギのぬた、新玉ネギの肉味噌、白魚《しらうお》と三つ葉の卵とじ、あしたばとフキノトウの天ぷら、牡蠣の中華蒸しか……」

康平は腕を組み、眉間《みけん》にシワを寄せて考え込んだ。知らない人が見たら、居酒屋で何を食べようか迷っているのではなく、人生の深刻な問題に直面して苦慮していると思うだろう。

「康平さん、迷ったときは新メニューだよ」

万里がカウンターから首を伸ばした。

「新玉ネギの肉味噌と牡蠣か」

「うん。ただ、牡蠣も味噌味で重なるから、新玉ネギはサラダにしたら？」

「ああ、新玉ネギとツナのサラダね」

「うん。それと白魚の卵とじか、天ぷらか」

「フキノトウは今年初だよな。じゃ、天ぷらで」

「毎度あり」

万里が首を引っ込めると、二三が努めてさりげない口調で訊いた。

「それで康平さん、相手の方とは、その後、どう？」

「うん、まあ、普通」

康平はジョッキを傾けて生ビールを飲み干した。

「化粧品会社勤務って言うから、デパートの化粧品売り場にいる、ああいう感じの人かと思ったら、広報部でPR誌の編集やってるんだって。だから地味で、気取ってなくて、話題も豊富だし、そういうところは良いと思うよ」

「じゃあ、基本的には気に入ってるんだ」

「まあね。俺より親父《おやじ》とお袋がベタ褒《ほ》めでさ。二人が気に入ってるなら、結婚するのが親孝行かなって思ったりする」

康平の口ぶりからは、相手を嫌いではないものの、積極的に結婚したいという情熱は感じられなかった。

「親孝行で結婚するって、動機が不純じゃないの？」

万里が手を動かしながら口を出した。

「私はそれもありだと思うけど。大恋愛で結婚しなくても、夫婦になってから絆《きずな》が深まるカップルもいるし、大恋愛で結婚しても、すぐ別れちゃう人もいるし」

二三はつい反論してしまった。自分と夫の高《たかし》だって、決して大恋愛の末に結婚したわけではない。それでも夫婦の絆は確かにあった。だから恋愛だけが結婚の条件とは思えない。

「結局、ご縁なのよ。あたしは大恋愛だったけど、その前に亭主とは縁があったんだと思う」

きっぱりと一子が言った。その胸には、亡き夫孝蔵《こうぞう》の初恋の女性を襲った哀《かな》しい運命が去来した。愛があっても縁がなければ、人は結ばれない。

「はい、おまち」

万里が新玉ネギとツナのサラダをカウンターに置いた。新玉ネギをスライスして水にさらし、ツナ缶と混ぜてポン酢をかけただけの簡単なサラダだが、この時期の甘くて柔らかい玉ネギは、手を加えなくても充分に美味しいのだ。

「江戸開城《えどかいじょう》、一合」

江戸開城は、康平が勧めてはじめ食堂が仕入れた品だ。港区芝《しば》にある酒造会社の酒というが、土地の異常に高い東京二十三区内で酒蔵を営んでいること自体、もはや奇蹟《きせき》に近い。

「江戸時代に創業して、明治の終りに廃業した酒造りを約百年ぶりに復活させたメーカーさんだよ。鉄筋四階建てのビルで、一見蔵元さんに見えないけど、そこがまた良いよね」

二三たちも味見したが、スッキリした淡麗辛口で、まさに「江戸前」のイメージにピッタリだった。

「二十三区内で酒作ってるの、ここだけだからさ。東京の酒屋としては応援したくなるよね」

康平がサラダをつまみながら江戸開城のグラスを傾けていると、菊川瑠美《きくかわるみ》が入ってきた。仕事場から直接やって来たのか、大きな書類鞄《かばん》を提げている。

「いらっしゃい、先生。お早いですね」

「今の時間なら康平さんがいると思って、大急ぎで来たの」

瑠美は「生ビール、小」と注文して康平の隣に腰を下ろし、膝《ひざ》の上に載せた鞄を開いてホルダーを取り出した。

「一応、試作品出来たんです。実物は今度作ってきますね」

ホルダーの中から出てきたのは大判のカラー写真だった。

「きれいですねえ」

「マンゴーのパフェです。本当は洋梨《ようなし》を使いたかったんですけど、手に入らなくて」

それはごく普通のマンゴーパフェに見える。容器には生クリームとマンゴーが盛り付けられ、白とオレンジが美しいコントラストを見せている。

「これに柚子《ゆず》胡椒《こしょう》のソースをかけると、燗酒《かんざけ》と抜群に合うんですよ」

康平は写真に目を近づけた。

「本醸造で、爽《さわ》やかな飲み口のやつが良さそうですね」

康平は一度天井を見上げてから写真に目を戻した。

「磯自慢《いそじまん》や喜久酔《きくよい》の特別本醸造なんか、合うんじゃないかな。どっちも繊細で爽やかな飲み口だから」

瑠美はあわてて鞄からペンを取り出し、写真の裏に酒の名前を書き留めた。

「日本酒に合うスイーツ、進んでるみたいですね？」

二三が訊くと、瑠美は嬉しそうに康平を見遣《みや》った。

「康平さんのお陰です。日本酒の基礎知識、レクチャーしていただいて」

「とんでもない。初歩の初歩で、お恥ずかしい」

瑠美は今度は二三の方を見て首を振った。

「私、それも知らなかったの。日本酒の分け方は本醸造と純米と吟醸、大吟醸だと思ってたら、他にも分け方があるんですって。爽酒《そうしゅ》・薫酒《くんしゅ》・醇酒《じゅんしゅ》・熟酒《じゅくしゅ》……スイーツとペアリングするときは、こっちの方が重要だったの」

本醸造・純米などの分け方は材料によるもので、爽酒・薫酒などの分け方は酒の味わいの違いによる。日本酒には他にも生酛《きもと》造りや山廃《やまはい》仕込みなど、製法による違いがある。

爽酒とはスッキリ爽やかな味の酒で、本醸造がこれに当たる。薫酒は華やかな香りの酒で吟醸・大吟醸が、醇酒はコクとうまみのある酒でどっしりした純米酒が該当する。熟酒とは古酒を指す。

「一夜漬で勉強したんだけど、餡子《あんこ》のお菓子は本醸造と相性が良くて、桜餅《さくらもち》みたいに少し塩分があると薫酒にも合うらしいわ。あと、チョコレートにはスパイシーな古酒、チーズケーキにはフルボディの純米酒とか、もう、ビックリよ」

瑠美はひとしきり話すと生ビールで喉《のど》を潤し、息を調えた。

「ああ、美味しい。仕事に燃えると食欲も燃えるわ。ええと……」

瑠美がメニューと首っ引きで考えているところに、牡蠣の中華蒸しの皿が登場した。味噌の香りが一同の鼻をくすぐる。

「美味しそう……良い匂い！」

康平はニンマリ笑って二三に「取り皿」と頼んだ。

「先生、お裾分《すそわ》けしますから、白魚と三つ葉の卵とじ注文して、少しくれませんか？」

「もちろん、ＯＫよ。二三さん、私は白魚とぬた、新玉ネギの肉味噌下さい」

注文が終ると、瑠美の目は康平の皿に吸い寄せられた。

赤味噌にゴマ油やニンニク、生姜《しょうが》、赤唐辛子《あかとうがらし》などを加えて作るコクのあるタレを牡蠣に絡め、十五分ほど蒸す。仕上げに白髪《しらが》ネギと香菜《シャンツァイ》を散らして出来上がり。酒の肴《さかな》はもちろん、ご飯にも合う。

「これは絶対に月《つき》の輪《わ》だな。おばちゃん、一合。グラス二つね」

康平は二三に言ってから瑠美の方を見た。

「月の輪、今日がはじめ食堂デビューです。所謂旨口《うまくち》で、味噌味の料理を引き立てるんですよ」

「あら、嬉しい」

「牡蠣のあとは江戸開城がお勧めです。スッキリした味ですから、白魚の卵とじやぬたに良く合います」

二三がカウンターに月の輪のデカンタとグラスを置くと、二人は乾杯し、牡蠣に箸を伸ばした。

牡蠣の濃厚さと味噌ダレの濃厚さが口の中で溶け合い、相乗効果となって旨味が広がってゆく。スルリと喉を滑り落ちたあとも、その甘さと辛さの余韻を留《とど》めていた。

「う、うま……」

「美味《うま》いとしか言えない……」

二人はうっとり目を細め、鼻から息を吐き出した。

「おばちゃん、このタレ取っといて、シメのご飯に掛けて食べたいんだけど。白髪ネギと香菜追加でさ」

「お安い御用よ」

康平はカウンターの隅にいる一子に向って片手を上げ、拝む真似《まね》をした。

康平は座り直して月の輪のグラスを傾けた。

「ところで先生」

康平は少し照れたような顔をした。

「女の人が喜びそうなこじゃれた店、ご存じないですか？」

瑠美は怪訝《けげん》な顔をした。

「急に、どうしたんですか？」

「いや、実は見合いしたんですよ。親父とお袋にせっつかれて」

康平は両親の代理見合いの経緯を打ち明けた。

「それで、ご飯とか行ってるんですけど、俺ははじめ食堂専門で、女の人が喜ぶような店は全然知らないから、取り敢《あ》えず有名な店予約して、メニューの値段見て真っ青になったりして」

康平は頭を掻《か》いた。

「先生なら、ご存じでしょ？　しゃれてるけどあんまり値段の張らない……」

瑠美の目が康平から料理、そして再び康平へと忙しく動いた。

「ええと、お二人でご予算どれくらいですか？」

最後はスマートフォンを取り出して画面に目を落とし、検索を始めた。

「そうですねえ……出来れば飲み代込みで、一五以下で」

「一万五千円。和・洋・中、どれが良い？」

康平はカウンターに肘《ひじ》をつき、掌《てのひら》に顎《あご》を乗せた。

「やっぱ、洋食ですかねえ。フレンチとかイタリアンとか」

二三と万里は興味津々で耳をダンボにした。聞き耳を立てなくても二人の会話は筒抜けなのだが。

「ええと、西麻布《にしあざぶ》と六本木《ろっぽんぎ》に手頃な店がありますね」

瑠美は鞄から手帳を取り出し、何やら書き付けた。康平は上から覗き込んだが、瑠美がペンを置くと首を引っ込めた。

「この三軒、見た目きれいでしゃれてますよ。料理はいまいちだけど、ワイン込みで二人で一万五千円くらいだから」

手帳の頁《ページ》を破ると、康平の前に置いた。

「どうも、助かります」

康平はペコリと頭を下げて、メモをジーンズのポケットにしまった。

その時入り口の戸が開き、山手《やまて》政夫《まさお》と後藤輝明《ごとうてるあき》のコンビが現れた。日《ひ》の出湯《でゆ》帰りらしく、二人とも顔がテカテカしている。

「よう、康平。先生、こんばんは」

「おじさんも後藤さんも、相変らずお元気で」

二人はカウンターに腰掛け、揃《そろ》って生ビールの中ジョッキを注文した。

「おじさん、ニラ玉食べない？　ニラは今が旬《しゅん》だよ」

万里が先回りして訊くと、山手は「くれ」と答えた。三代続く魚政《うおまさ》の大旦那《おおだんな》だが、一番好きな食べ物は卵なのだ。

「そういや、康平、お前、見合いどうなってんだ？」

「ぼちぼちだよ」

ズケズケ訊かれても長年の付き合いで、康平もイヤな顔をしない。

「早く親父とお袋を安心させてやれよ」

「ま、おいおいね」

康平はチラリと瑠美を見て、山手に分らないように拝む真似をした。

瑠美は小さく頷いたが、その顔は心なしか寂しげに見えた。

その夜、閉店してから帰宅した要は、珍しくお土産を持ってきた。何と、長命寺《ちょうめいじ》の桜餅だ。

「どうしたの、これ？」

「足利《あしかが》先生のお宅に打合せに伺ったら、帰りに奥様が下さったの。雛祭だからお母様にお土産って」

足利省吾《しょうご》は時代小説の人気作家で、二年前、七十歳で六十五歳の押し花作家の女性と結婚した。二人とも家庭の事情などで婚期を逃し、初婚だった。

「良い奥様らしいねえ」

「上手《うま》く行って良かったよ。これで離婚なんてことになったら、仕事に影響出るかも知れないし」

要のドライな物言いに、一子は苦笑するしかない。要は冷蔵庫から缶ビールを出し、桜餅の箱を見て言った。

「デザートに食べよう」

と、万里がパチンと指を鳴らした。

「おばちゃん、菊川先生が言ってたよね、桜餅は吟醸とか大吟醸が合うって」

「言ってた、言ってた」

「今、うちは吟醸、何がある？」

「ええと、翠露《すいろ》かな」

「よし、翠露と桜餅のペアリングだ！」

二三と万里の会話に、要は怪訝な顔をした。

「桜餅と日本酒って、合わないでしょ？」

万里は要の鼻を指さして、わざとらしく首を振った。

「分ってないなあ。今、時代は日本酒とスイーツなんだよ」

「気持ちわる」

「俺が言ってんじゃない、海原雄山《かいばらゆうざん》が言ってんだ」

「ウソばっかり」

「実は菊川先生が言ってました。先生は今、雑誌の企画で日本酒に合うスイーツを作ってんだって」

「大変だねえ、いつも新しいレシピ作りに追われて」

要は気のない声で応じると、新玉ネギの肉味噌、ぬた、白魚と三つ葉の卵とじ、牡蠣の中華蒸しを次々に器に取った。

「うま！」

味噌ダレの絡んだ牡蠣を口に入れた要が叫んだ。

「うま～！　これ、新作でしょ？」

「新聞の日曜版に出ててさ。作る前から美味しいの分ってた」

「お母さん、さすが」

二三も牡蠣を口に運び、濃厚でスパイシーな味に舌鼓を打った。

「ホント、ご飯が欲しくなる」

夕食があらかた終ると、万里が冷蔵庫から日本酒の瓶を出してきた。二三はグラスを四つ並べた。

「人生初のペアリング、みんなでやってみよう」

全員片手にグラス、片手に桜餅を持った。

「……意外と悪くないわね」

桜餅をかじって翠露を一口飲んだ後、要がボソッと感想を漏らした。

「ま、お酒のあてに桜餅を買おうとまでは思わないけど」

「女同士の飲み会の最後とかに、面白いんじゃない？」

二三は翠露を口に含み、ゆっくりと飲み込んだ。

万里もグラスを干して呟いた。

「あの店長、変態じゃなかったんだ」

昔のバイト先の店長で、豆大福を肴に酒を飲んでいた人物のことだ。

「雛祭って、いつから桜餅を食べるようになったのかしら？」

全然別のことを言ったのは一子だった。

「昔からじゃないの。端午の節句には柏餅《かしわもち》食べるし」

要は当たり前のように言ったが、一子は首を傾《かし》げた。

「あたしが子供の頃は、雛あられと菱餅《ひしもち》はあったけど、桜餅はなかったような気がするのよねえ。ふみちゃんは？」

「あんまり良く覚えてないなあ。ハマグリのお吸い物と五目寿司《ずし》はあったけど」

「それと白酒ね」

一子は昔を懐かしむ目になった。

「続いてるって事が嬉しいわね。あたしが子供の頃とは少し変ったのかも知れないけど、同じ雛祭だもの」

「それにお祖母《ばあ》ちゃん、今はロールケーキとかプリンとかタルトとか、桜スイーツをいっぱい売ってるわよ。美味しいお菓子が増えるのは良い事よね」

「そうね。お祖母ちゃんの若い頃はバレンタインやハロウィンはなかったけど、いつの間にか日本のお祭りになったものね」

「クリスマスもね」

少しずつ形を変えながら続いていく祭りもあれば、いつの間にか消えていった祭りもある。そして新しく始まって定着する祭りもある。あくまでも柔軟に、幅広く……。考えてみれば、日本の国そのものがそうやって続いてきたのだから、祭りも日本的なのだ。

桜餅を肴に翠露を一合飲んだせいか、二三はいつになく壮大なことを考えてしまった。

康平の両親、辰浪悠平《ゆうへい》と京子《きょうこ》夫婦がはじめ食堂を訪れたのは、翌日の午後だった。ランチは終了し、そろそろ賄いを食べ終ろうかという時間だった。

「どうぞ、そのまま」

「お忙しいときにお邪魔して、すみません」

二人は手土産にと十四代《じゅうよんだい》の一升瓶を持参した。

「かえって、すみません。お高いものを」

一子は二人にテーブルを勧め、二三はお茶を出した。

「どうぞ、おかまいなく」

「すぐ失礼しますから」

万里は気を利かせて、食器を流しに運んで水を張ると、早々に店を引き上げた。片手には今日も残り物を入れた紙袋を提げている。

悠平と京子は、一子と二三を前にモジモジしていた。どこから話を切り出そうかと考えている様子だ。

「康平さんに、何かありましたか?」

一子がやんわりと尋ねた。

「息子はお宅で何か言ってないでしょうか? その、結婚について」

「相手の方のここがイヤだとか、気に入らないとか」

「それとも、誰《だれ》かと付き合っているとか」

二三も一子も、まるで思い当たることがない。

「何も言ってなかったわよね、お姑《かあ》さん」

一子も怪訝そうに眉《まゆ》をひそめた。

「お見合いした相手の方とは、順調にお付き合いなさっているようですが」

「昨日も、女の人が喜びそうなお店はどこか、訊いてましたよ。相手の方が気に入らないなら、そんなに気を使わないと思うんですが」

そう答えながらも、二三は考えた。

確かにマイナス発言はしていないが、店で嬉しそうにデートの模様を話すこともない。プライバシーの問題だし、康平も恥ずかしいのだろうと思って、交際については敢えて触れないようにしてきた。だが、相手に好意を感じているなら、ついつい口が滑ってしまうのが自然ではあるまいか?

悠平と京子は困ったように顔をしかめた。

「私らも訊いてみたんですが、好《い》い人だと思うと言うんです。キチンとしていて感じも悪くないと」

「でも、積極的にプロポーズするかというと、違うんですよね」

「早くプロポーズしろってせっついてみたんですが、のらりくらりと逃げを打つ感じで」

「もうお付き合いが始まって半月以上ですからね。結婚するのかしないのか、話が出ても良いと思うんですよ」

二三は驚いて、少し高い声を出した。

「半月って……早くありませんか？　結婚は一生の問題ですよ」

「結婚相談所の職員さんにくれぐれも言われたんです。入会一年以内の成婚を目指しましょうって。会員の六割が、入会から半年以内に結婚が決まってるそうです。つまり、知り合って半年以内って事です」

悠平の後を引き取って京子が続けた。

「決まる話は早いそうですよ。結婚するカップルは付き合って一ヶ月くらいで、具体的に結婚の話が出るそうです。三ヶ月以上付き合っても結婚に進まないカップルは、お付き合いを解消するそうです」

二三は助けを求めるように一子を見た。

「あたしは最初から運命を感じてたから、どんどん進んだわねえ」

「あのう、姑《はは》は大恋愛だから話が別なんです。私は主人と知り合って四年くらいはただの友達で、それから結婚しました。会ってからひと月やそこらで決めろと言われると、康平さんも困るんじゃ……？」

悠平と京子は「分ってないなあ」と言わんばかりに少し身を乗り出した。

「でも、奥さんが亡くなったご主人を友達として見ていた間は、結婚そのものが眼中になかったんじゃありませんか？」

言われてみれば、その通り。二三は仕事に燃えていて、おまけに上司に片思いまでしていた。

「その後、結婚を意識するようになったら、ご主人が婿さんの候補として見えてきたんでしょう？」

「はい」

悠平と京子は「ほらね」と言いたげに頷き合った。

「結婚相談所は、世界が違うんです。結婚したい人が集まってくる場所なんですよ」

「そこの会員同士はすでに結婚を意識しています。だから、イエスかノーか、ひと月もあれば結論は出るはずなんです」

二三は叱《しか》られた子供のように首をすくめた。まったく縁のない話なので、想像が及ばないのだ。しかし、確かに悠平と京子の話はそれなりに筋が通っていた。

「あのう、でも、康平さんの場合はご両親が代理でお見合いをなさったので、ご本人が進んで結婚相談所に入会したわけじゃありませんよね。だから普通の会員の方と比べて、温度差があるんじゃないでしょうか？」

「もう、そんな悠長なことを言ってられる立場じゃないんです」

京子の口調は悲痛でさえあった。

「個人商店で両親と同居している四十男なんて、結婚相手の条件としては決して良くありません。これから年を取るにつれて、条件はどんどん悪くなります」

「今、息子がお付き合いしているのは横井《よこい》さんという方ですが、立教を出て白泉堂《はくせんどう》に入社した、それこそ家《うち》の息子にはもったいないような方なんですよ」

白泉堂は日本有数の大手化粧品メーカーだった。

「年齢も三十三歳で、まだ子供も産めます。康平も父親になれるんですよ」

「横井さんを逃したら、この先これ以上の相手を見付けるのは無理だと思うんです」

いい年をした息子のために代理見合いまでするのは、傍《はた》から見れば滑稽《こっけい》かも知れない。しかし、二人が焦るのは理由がある。確かに今の康平はまだ若い。だが、あと十年経《た》ったら五十歳を過ぎる。一刻も早く良き伴侶《はんりょ》を得ないと、手遅れになってしまうかも知れない。

「息子はこの店が大好きで、奥さんたちを尊敬しているみたいです。だから奥さんたちがそれとなく勧めてくれたら、息子は結婚に動くんじゃないかと思うんです」

二三と一子が謙遜《けんそん》して「いえ、そんな」と言う前に、悠平と京子は頭を下げた。

「どうか、お願いします！」

二三と一子は顔を見合せたが、互いの顔を見た瞬間、暗黙の了解が生まれていた。

「お話は良く分りました」

「康平さんが結婚するように、援護射撃させていただきます」

辰浪夫婦はパッと顔を上げ、笑みを浮かべた。

「ありがとうございます」

「これで息子も結婚できます」

悠平と京子が口々に礼を言って引き上げると、二三と一子はどちらからともなく大きな溜息《ためいき》を吐《つ》いた。

「引き受けちゃったけど、お姑さん、どうする？」

「そうねえ。本人にその気がないのに周りがいくら言ってもって気がするけど、周りから言われないとその気にならない人もいるからねえ」

「でも、どんな風に言えば良いのかしら。相手の人を見たこともないのに」

一子がポンと膝を打った。

「それよ、それ！」

「なに？」

「相手の人を店に連れてこさせるのよ。その後、みんなで褒めちぎるの。『ステキだ』『康ちゃんにはもったいない』『あんな人は金のわらじを履いて探さないと見つからない』とか何とか」

「あ、それ良いかも！」

二三も声を弾ませた。

「それに、私たちも康平さんのお相手の品定めが出来るしね」

二三はニンマリと笑い、一子も共犯者の笑みで応えた。


「康ちゃん、今度の土曜日、お見合いの方をうちへ連れてらっしゃいよ」

その日の夕方、例によって一番に店に現れた康平に、一子が言った。

「何だよ、前は『はじめ食堂なんかに連れてくるな。見栄《みえ》張ってこじゃれた店に行け』って言ったくせに」

「それは最初の話。もう何度も会ってるわけだし、そろそろ行きつけの店を紹介するのも良いかと思ってね」

「それに、私たちも康平さんのお相手が見たいし」

二三は注文の生ビールを置いて、口を添えた。

「連れてきてくれたら、特別料理出すわ」

「どんな?」

康平はすぐに乗ってきた。

「まだ決めてないけど、万里君と相談して。ね?」

二三はカウンターの向こうの万里に言った。

「康平さん、リクエストある?」

「そうだなあ……」

康平はカウンターを指でコッコッと叩《たた》いた。

「昨日の牡蠣の中華蒸し、美味かったな」

「牡蠣はいいかも。おばちゃん、牡蠣スペシャルやろうか?」

万里が訊くと、二三も一子もOKサインを出した。

「牡蠣は今月でお終《しま》いだから、ちょうど良いわ。康ちゃん、どう?」

「俺は歓迎」

「そうだ。康ちゃん、相手の方、牡蠣は大丈夫なの?」

「うん。一緒に生牡蠣食ったことある。好物だってさ」

二三と一子、万里の三人は「良かった」と頷き合った。

「で、何が出るの?」

「それは来てのお楽しみ。つーか、これからおばちゃんたちと考える」

康平は生ビールのグラスを手に、苦笑を漏らした。

「昨日菊川先生に教えてもらった店、ネットで調べたんだよ。確かにすごい良いムードだけど、料理はあんまり期待できない感じ。量がちょっぴりで飾りが多くて……先生の言った通り」

そこで入り口の戸が開き、山手と後藤が現れた。

「こんにちは」

「よう、康平」

二人はほとんど指定席と化しているカウンターに陣取り、生ビールを注文した。

「おじさん、土曜日に康平さんがお見合い相手を連れてくるってさ」

「なんだとう？」

「それはそれは」

山手は目を剝《む》き、後藤は目を細めた。

康平はゲンコツを振ってぶつ真似をした。

「バカ、万里、言うな」

「だって、どうせおじさんたち、土曜日来るもん。その時ジロジロ見られたらイヤでしょ」

「……確かに」

万里はニヤリと笑って山手と後藤の顔を見た。

「と言うわけで、土曜日は康平さんが来ても、他人のフリをして下さい」

「それは無理よ。ねえ、政さん？」

「おばちゃんまで面白がらないでよ」

康平が顔をしかめると、山手が神妙な顔をした。

「いっちゃん、俺も男だ。康平の一世一代の晴れ舞台を邪魔するような野暮はしねえ。『よう、こんにちは。ご婦人連れとは珍しいね』くらいの挨拶《あいさつ》はするが、あとは見て見ぬ振りよ。後藤と天気の話でもしてやらあ。な？」

後藤も真面目《まじめ》な顔で頷き返した。

「康平さん、どうぞご心配なく。私たちはみんな応援してますから」


土曜の夜、康平はいつもより遅く、七時過ぎにはじめ食堂にやって来た。カウンターには山手と後藤、テーブル席にも先客がいた。

「いらっしゃい」

康平に続いて女性が入ってきた。三十くらいのほっそりした女性で、色が白く、地味だが整った顔立ちをしていた。切れ長の一重まぶたと染めていない髪の毛のせいか、古風で奥ゆかしく見える。

「どうぞ、こちらに」

二三は「予約席」の札を置いたテーブルを勧め、飲み物の注文を取った。

「こちら、横井栞《しおり》さんです」

康平に紹介されて、栞は小さく頭を下げた。

「ここ、見てくれは悪いけど、食べ物は美味いんですよ。今日は牡蠣の料理を色々出してくれるそうです」

二三は「見てくれが悪いは余計でしょ」というツッコミを控え、「ごゆっくり」と笑顔でカウンターに引き返した。

康平はいつものように生ビールの小を注文し、栞もそれに倣《なら》った。

今日のお通しはアボカドのクリームチーズ詰め。クリームチーズに黒胡椒《くろこしょう》を振って練り、種を抜いたアボカドに詰める。切り分けて皿に盛ってから、イタリアンパセリのみじん切りを振り、アンチョビーのみじん切り・レモン汁・オリーブオイル・塩少々で作ったソースをかけて出来上がり。

見た目も美しく、アンチョビーの塩気がアボカドとクリームチーズに溶け合って、お酒にも良く合う。

「あら、きれい」

栞は少し驚いたようだ。

「ここのお通し、時々すごいしゃれたもんがでるんですよ。カリフラワーのムースとか、カブのすり流しとか」

康平の口調には自慢するような響きがあった。

山手はこっそり栞の顔を盗み見て、後藤に小声で耳打ちした。後藤も出来るだけ顔を動かさず、横目を使って栞を確認し、すぐに前を向いた。

「康平にしちゃ上出来だ」

「お似合いだよ」

二人は声を潜《ひそ》めて囁《ささや》くと、それ以後はなるべく後ろを見ないように努力したが、好奇心には勝てず、十分に一回くらいはチラリと視線を走らせた。

「おじさん、シメに牡蠣ご飯食べる?」

万里が訊くと、山手は「あたぼうよ」と即答した。今日の牡蠣は魚政に豊洲《とよす》で仕入れてもらったので、品質は保証付きだ。

はじめ食堂が今日のために用意した牡蠣料理は、牡蠣酢と牡蠣フライ、牡蠣の中華蒸し、牡蠣ご飯の四品だった。牡蠣のフルコースではなく、間に別の料理を挟んだ方が良いということで意見が一致した。

「牡蠣って濃厚だから、ばっかりだと飽きると思うんだよね」

「牡蠣でなくても、俺はばっかりは苦手だな。昔、鮎《あゆ》コースを喰《く》ったことあるが、最初から最後まで鮎しか出てこないと、哀しいもんだぜ」

山手はグラスに残った開運《かいうん》を飲み干した。後藤と二人で日本酒を四合空けたので、今日の酒はこれで最後になる。

二三が料理を運んでいくと、隣のテーブルの康平に呼び止められた。

「おばちゃん、雪《ゆき》の茅舎《ぼうしゃ》、一合」

「はい、ただいま」

栞相手に「雪の茅舎は岩牡蠣や白子ポン酢に合うんですよ。だから牡蠣酢にも……」と講釈している声が聞こえた。

新しいお客さんが入ってきて、店は満席になった。

「ごっそさん」

山手と後藤が腰を上げたところで、菊川瑠美が入ってきた。

「ああ、先生、ちょうど良かった。こっちへどうぞ」

「すみませ〜ん」

瑠美は真《ま》っ直《す》ぐカウンターに歩いてきて、山手と後藤に挨拶した。

「先生、どうぞ。すぐ片付けますから」

二三は手早く空いた食器を盆に載せ、カウンターを拭《ふ》いた。

瑠美が席に着くと、万里が首を伸ばして小声で囁いた。

「先生、グッドタイミング。右端の席、康平さんと彼女」

「えっ？」

瑠美もそっと後ろを振り向いた。栞はカウンターを向いて座っている。瑠美はすぐに顔を戻したが、もう一度横目を使って栞の顔を盗み見た。その目には好奇心の他に、別の感情が浮かんでいるのがほの見えた。

「先生、今日は牡蠣がお勧めですよ」

二三がおしぼりとお通しを運んでいっても、何かに気を取られている様子で、メニューを見ていない。いつもなら新作のお通しに歓声を上げているのに。

「あ、デコポンのスムージーサワー下さい。それと……」

瑠美は急に我に返り、あわててメニューに目を落とした。

九時近くなり、お客さんは次々に席を立った。

康平と栞も帰っていった。康平は終始ご機嫌で、笑顔が絶えなかった。

「すみません、牡蠣ご飯、お土産にしてもらえませんか？」

瑠美がカウンターの二三に声をかけた。

「良かった、注文していただいて。折角作ったのに、先生に食べてもらえないと、がっかりですよ」

二三はカウンター越しに笑顔を向けた。

牡蠣ご飯は出汁《だし》と醤油《しょうゆ》で牡蠣を煮て、その煮汁で炊いたご飯と牡蠣を混ぜ、上に刻み生姜を散らしてある。生姜の香りが臭みを消し、牡蠣に火を通しすぎていないので身がふっくらして固くなっていない。

本当は店で作りたてを食べて欲しかった。家に持ち帰って電子レンジで温めたら、折角の牡蠣が少し縮んでしまう。それでも充分に美味しいはずだが。

今日の瑠美は明らかにいつもと違っていた。心配事でもあるのか、表情が硬く、食べる量がいつもより三割ほど少なかった。日本酒も普段は三合飲むのに、三本目に頼んだ開運を半分も残していった。

「先生、元気なかったね」

店を閉めてから万里が言った。

「仕事で何かあったのかしらね」

一子も心配そうに呟いた。

「きっとあんまり大したことじゃないわよ。本当に大変だったら、うちでご飯食べてらんないでしょ」

とは言ったものの、二三も瑠美の態度が気になっていた。

月曜日の夕方、店を開けるといつものように康平がやって来た。

「いらっしゃい。栞さん、どうだった？　お店、気に入ってた？」

カウンターに座るのも待たず、一子が尋ねた。

「うん。料理がみんな美味しいし、日本酒の品揃えも良いってさ」

「お酒は康ちゃんの仕切りだから、当然よね。でも、良かった」

「お世辞じゃなくて、お通しからマジ美味かったよ。彼女、牡蠣の中華蒸しにやられたって」

康平は二三に生ビールを注文し、おしぼりで手を拭いた。

「きれいな人ね。康平さんにはもったいないくらい」

「これ見よがしじゃないけど、色気あるよね、あの人」

万里がからかうように言った。

「康平さん、一緒に酒なんか飲んでヤバくない？」

「中学生かっつうの」

そこへ新しいお客さんが入ってきた。

「いらっしゃいませ……」

四十代半ばくらいの、初めて見る男性だった。キチンとしたスーツ姿で、洗練された雰囲気を漂わせている。もちろん、はじめ食堂は常連さんだけでなくフリのお客さんも来店するが、この男性ははじめ食堂の客層とはちょっと違う。

どうしてこんな（自分で言っていれば世話ないが）店に入ってきたのだろうと、二三は戸惑いを感じた。

新顔の客は席を決めかねて店内を見回している。

「どうぞ、お好きなお席に」

一子が声をかけると、客は隅のテーブルに腰を下ろした。

「ご注文、お決まりになったら声をかけて下さい。あちらが本日のお勧めになります」

客は黙って頷いた。

「今度、いつ会うの？」

万里が康平に尋ねた。

「来週の木曜日。翌日が春分の日で休みだから」

「またここへ連れてくれば？」

「そうだな。俺も正直、ここだと気疲れしなくてありがたいよ」

「財布もでしょ？」

男性はカウンターを振り向くと「生ビール、小ジョッキで」と注文した。その声が声優のような美声で、康平も思わず振り返った。

「でも、この店が気に入ったら、瑛さん、それだけでセンス良いと思うよ。見てくれじゃなくて中身を見てるんだから」

「おい、万里。これでも俺は昔、第二の阿部寛《あべひろし》と言われたこともあるんだ」

「どこが？　共通項は『まだ結婚できない』だけじゃん」

康平と万里の軽口の応酬が続く中、男性客はビールを飲み干すと、注文したポテサラを半分残して箸を置いた。

「お勘定、お願いします」

声優のような美声の余韻を残して、男性は店を出た。

「あのお客さん、何だったのかしら？」

「さあ？」

二三も一子も首をひねるばかりだった。


その翌週の木曜日、午後七時に康平が瑛を連れてはじめ食堂にやって来た。今回も二人は隅の予約席で差し向かいになった。

「来た！」山手と後藤は極力振り向かないようにカウンターにへばりついている。

康平と瑛が生ビールで乾杯した直後だった。

勢いよく入り口のガラス戸が開き、男が飛び込んできた。先週の月曜日に現れた、あの謎《なぞ》のフリ客だった。ただし、今回は怒りで形相が変っていて、洗練された雰囲気は消し飛んでいた。

男はつかつかと康平と栞のテーブルに近寄り、仁王立ちになって怒鳴った。

「栞、俺を欺《だま》してたんだな⁉」

二三たちも店にいたお客さんも、何事かと男の方を見た。栞は蒼白《そうはく》になってわなわなと唇を震わせている。

「俺に内緒で、新しい男を作ってたわけだ。この恥知らず！」

声優顔負けの美しい声が醜い台詞《せりふ》を口走った。

「ちょっと待って下さいよ」

康平が立ち上がろうと腰を浮かせた。

しかし、それより早く栞が椅子を蹴《け》って立ち上がった。

「欺してたのはどっちよ！　奥さんと別れるって言った癖に、嘘《うそ》つき！」

康平は中腰のまま、栞と男の顔を交互に見た。

「私が誰と付き合おうが勝手よ！　あんたなんかに言われたくないわ！　奥さんにバラされないだけありがたいと思いなさいよ！」

栞はそのまま小走りに店を出た。

男は後を追おうとして立ち止まり、康平を振り返った。

「あんた、あの女に欺されてるんだよ」

哀れむような目をして捨て台詞を吐くと、男も店を出て行った。

するとと、康平も立ち上がった。

「俺、ちょっと様子見てくる」

二三は「放《ほ》っときなさいよ」と言おうとして口を閉じた。康平の顔に浮かんでいるのは怒りではなく、懸念だった。あの修羅場を目にした後でも、栞のことを気に掛けているのだ。

店を出て行く康平の背中は、いつもより頼もしく見えた。

「女も女だが、男も男だ。人前でみっともねえ」

山手はテーブル席を振り返り、吐き捨てるように言った。

「康平さん、気の毒に」

後藤がしんみりと呟いた。

「見なかったことにしましょう」

一子は念を押すように、山手と後藤、そして万里の顔を順番に見た。三人とも黙って頷いた。

一子は最後に二三を見た。その目を見れば、言わんとすることは自《おの》ずと伝わってきた。イヤなことは忘れるに限るのだ。

二三も一子の目を見て、小さく頷き返した。

土曜日の夕方、いつも通り康平は開店早々にやって来た。

カウンターに腰を下ろして生ビールの小ジョッキを注文する様子にも、普段と変ったところは見受けられない。

ショックを受けて傷ついているのではと案じていたので、二三はホッとした。

「一昨日《おととい》は大変だったね。あれからどうした？」

一子が極めて普段通りの声音で言うと、康平もまた普段と同じ顔で頷いた。

「どうもこうも。とにかく彼女を男から引き離して、タクシーに乗せて帰したよ。野郎の方は泣きが入るし……」

康平によれば、瑛の不倫相手は直属の上司で、三年越しの仲だったという。

「康平さん、瑛さんのこと、怒ってる？」

「別に」

あっさり答えて苦笑を浮かべた。

「怒り狂ってんのはうちの親父とお袋だよ。ベタ褒めだったくせに完全な掌返し。性悪だの息子を食い物にしようとしただの、自分たちの人を見る目のなさを棚に上げて、何言ってんだって」

そして、気の毒そうに付け加えた。

「栞さんも、内心は不倫関係を清算してやり直したいと思ってたんじゃないかな。俺と結婚まで考えてたかどうか、本当のところは分んないけどね。手始めに見合いしただけかも知れないし」

万里が感嘆したように言った。

「康平さん、大人だなあ。俺、正直見直した」

「万里に見直されてもな」

康平は苦笑を浮かべ、感慨深げに呟いた。

「俺は栞さんが嫌いじゃなかったけど、どういうわけか結婚にはイマイチ積極的になれなかった。変だよねえ」

康平はメニューを手に取った。

「おばちゃん、あのアボカドのお通し、美味かった。また作ってよ」

「お安い御用だ」

「そう言えば最近、菊川先生来た？」

「ううん。仕事が忙しいんじゃないの」

「そっか。日本酒に合うマンゴーパフェ、試食させてくれるって言ってたのにな」

初めて康平と栞が一緒にいるところを見たときの瑠美の顔が、二三の脳裏をよぎった。

いつになく哀しげだったあの表情……。

先生は、もしかしたら……？

その時、康平ののんびりした声が響いた。

「あ～あ、これで牡蠣ともしばらくお別れかあ」

二三は栞の、ちょっと古風な魅力を思い出した。

もしかして栞さんは、何度も会ううちに康平さんの包容力に惹《ひ》かれて、本気で結婚を考えるようになったのかも……。

二三にはそう思えてならなかった。

第三話

いつも心に豆ご飯

「あ〜あ、花見もしねえうちに桜も終りか」

山手《やまて》政夫《まさお》がお通しのそら豆を口に放《ほう》り込み、溜息《ためいき》交じりに独り言を漏らした。

今日は四月四日の土曜日で、昭和の時代はこの先一週間は花見が楽しめたものだが、いつの間にか次第に開花の時期が早くなり、今年は明日が千秋楽と言われていた。

おまけに今年は新型コロナウイルスの影響で「花見の自粛」が要請され、例年のような〝飲めや歌えのどんちゃん騒ぎ〟は鳴りをひそめた。

「それに、暖冬だったしね。これじゃ入学式までに散っちゃうかも」

万里《ばんり》は山手の前に湯気の立つ小鉢を置いた。今日の卵料理は〝あぶ玉〟。玉ネギと油揚げを甘辛く煮て卵でとじた、伝統的家庭料理だ。はじめ食堂では酒の肴《さかな》に合うように、味付けは薄めにしてある。今日のランチの小鉢にも出して、好評を博した。

「満開の桜の木の下で写真撮らないと、ピカピカの一年生っぽくないよな」

辰浪康平《たつなみこうへい》が「くどき上手《じょうず》」のグラスを傾けて言った。たった今、生ビールから日本酒に切り替えたところだ。色っぽい名前とは裏腹に、涼やかな香りときれいな甘味がある。

康平の前には筍《たけのこ》とワカメの木の芽和《あ》え、ホタルイカのアヒージョが並んでいた。三品目には山菜（こごみ・タラの芽・あしたば）の天ぷらを注文したので、次の日本酒は秋鹿《あきしか》にする予定だった。すっきりしたシャープな味わいで、きれいな酸が効いているから、炒《いた》め物や揚げ物の脂をさっぱりと切ってくれる。

はじめ食堂の酒類はすべて辰浪酒店が卸しているので、メニューなど見なくても品揃《しなぞろ》えは分っている。

「令和初の花見だってのによ。呆気《あっけ》ないもんだぜ」

山手は再びぼやいて、生ビールを飲み干した。ボヤキが重なるのは、もしかして相棒の後《ご》藤輝明《とうてるあき》がいないからかも知れない。

「そう言えば、今日は後藤さんはどうしたの？」

「大阪。孫に進学祝いの祝儀渡してくるってさ」

後藤の一人娘の渚《なぎさ》は結婚して大阪に住んでいる。

「ああ、たしか花音《かのん》ちゃんって言ったわね」

二三《ふみ》は九頭身に近かった後藤の孫娘を思い出した。一昨年《おととし》、ダンス教室主催のパーティーで会った事がある。

「今度、中学だっけ？」

「二年だよ、この春で。別にめでたくも何ともないのに、親バカ、いや爺《じじ》バカったらねえや」

「政さんみたいに同居してる人とは違うわよ。滅多に会えないんだから、何かにかこつけて機会を作らないと」

一子《いちこ》がやんわりたしなめると、山手は素直に頷《うなず》いた。

「そうだな。いくら〝のぞみ〟が速いっつっても、大阪まで二時間半は遠いよなあ」

そしてチラリと康平のデカンタに目を走らせた。

「日本酒、どれが良い？」

「俺《おれ》が今飲んでるのは、くどき上手って山形《やまがた》の酒。純米吟醸ね。普通の和食なら何でもイケるよ。おじさん、次は何頼むの？」

「そうさなあ……」

山手は「本日のお勧め」メニューを眺めた。

ホタルイカのアヒージョ、カブと鶏《とり》つくねの含め煮、日向夏《ひゅうがなつ》と生ハム・モッツァレラチーズのサラダ、筍とアサリの煮物、春の山菜天ぷら、筍とシラスのペペロンチーノ。

山手は胃の辺りにそっと手を当て、ご機嫌を伺うように軽くなでた。

「筍とアサリの煮物をもらうかな」

「おばちゃん、おじさんにくどき上手一合ね」

康平がすかさず注文し、万里に尋《たず》ねた。

「この、筍とシラスのペペロンチーノって、新作だよな？」

「つーほどでもないけどね。普通に出回ってるレシピだし」

それから得意げに付け加えた。

「でも、まあ、俺くらいのレベルになるとレシピ云々《うんぬん》じゃないけどね。同じ卵とバターでオムレツ作っても、出来が違うっつーの？」

「お前、それ『グランメゾン東京』のセリフだろ？」

「バレたか」

「俺、ハマってたんだよ。鰆《さわら》のロースト水晶文旦《すいしょうぶんたん》のソース！」

主人公たちが考案した新作のレシピをスパイに盗まれたが、料理人のレベルが違うのでレシピ通りに作っても同じ味は再現できない……という、ドラマに登場したエピソードである。

「康平さん、けっこうマニアックだよね。普通、覚えてないって」

「ふふん、俺を甘く見るなよ」

今度は康平が得意そうに胸を張った。

「天下の菊川瑠美《きくかわるみ》先生に、日本酒のレクチャーをしたんだぜ。先生は雑誌に〝協力〟で俺の名前を出してくれるってさ」

「あら、それは良かったこと」

一子がタラの芽に天ぷらの衣を付けながら言った。

「先生も日本酒に合うお菓子が完成して、喜んだでしょう」

「うん。この前先生の教室で、マンゴーパフェ柚子《ゆず》胡椒《こしょう》ソースと味噌《みそ》アイス、それと日本酒のガトーショコラ味見させてもらった。みんな美味《うま》かったよ」

一子が油鍋《あぶらなべ》にタラの芽を入れると、油のはぜる小気味よい音が響いた。

「生徒さん、女の人ばっかかでビビったけど」

「そりゃ当たり前だろう。野郎が料理教室に行くかよ」

「でもおじさん、今は男でも料理する人、増えてんだよ。てっきり一人か二人は男の生徒がいるかと思った」

「きっと、女の人ばかりだから恥ずかしいのよ。男性教室があれば、集まってくるんじゃない?」

「おばちゃん、秋鹿ね」

康平が新しい酒を注文した。二三は秋鹿をデカンタに注《つ》ぎ、新しいグラスと一緒に出した。

「はい、お待ちどお」

一子は揚げたての天ぷらの皿を康平の前に置いた。塩だけでなく、天つゆと大根おろしの器も出す。昭和に生まれ育った一子は、未《いま》だに天ぷらを「塩でどうぞ」と言うのは抵抗があった。

「康ちゃんは菊川先生のとこに男性クラスが出来たら、習いに行くかい？」

「行くわけないじゃん」

康平は軽く塩を振ったタラの芽を口に入れ、「はふ」と鼻から息を吐いた。次は秋鹿を一口含み、油の余韻を洗い流す。

「俺が自分で作るより、ここで喰《く》った方が絶対に美味いもん」

「そりゃそうだ！」

山手がぽんと膝《ひざ》を打ち、くどき上手のグラスを干した。

「いつまでもあると思うな親と食堂、だよ」

「おいおい、縁起でもないこと言うなよ」

「だってさあ、三十年に一度の台風は毎年来るし、新型コロナウイルスは流行《はや》るし、関東大震災は三十年以内に確実に来るって言うし、この先、世の中どうなるか分んないじゃん」

万里は軽く混ぜっ返し、小鍋に筍と出汁《だし》を入れてガスの火に掛けた。

筍は予《あらかじ》め出汁で煮て味を含ませてあるから、温めるだけだ。アサリは煮すぎると固くなるので、最後に入れてふっくらと仕上げる。簡単そうに見える煮物でも、見えないところに手が掛かっているのだ。

「おばちゃん、頑張って店続けてよ。ここがなくなったら俺の夕飯はどうなるんだ？」

康平は一子の方を見て拝む真似《まね》をした。

「安心して、大船に乗った気でいてちょうだい。あたしは百まで生きるから」

一子は明るく答えたが、二三は心の底がざわついていた。

今のはじめ食堂が十年先も続いているだろうか？　店そのものは存続したとしても、メンバーも内容も、おそらく現在と同じというわけには行かないだろう……。

最近、時々こんな事を考えるようになった。還暦を過ぎて、自分が年を取ったと感じることが多くなったせいだろうか。将来を思うと、明るい色より暗い色の占める割合が増えた。少なくとも四十代半ばで夫の高《たかし》を亡くすまでは一点の曇りもなく、明るく輝いていたはずなのに。

よそう、よそう。考えたって仕方ない。

二三はさっと頭を振り、忍び寄る暗い影を振り切った。

世の中はなるようになる。なるようにしかならない。それでもきっと、何とかなる！

「こんばんは！」

入り口の戸が開いて、入ってきた新客は話題の主・菊川瑠美だった。片手に大きな紙袋を提げている。

「いらっしゃい！　ちょうどお噂《うわさ》してたんですよ」

二三は笑顔で迎え、カウンターを指し示した。

「二三さん、これ、お土産《みやげ》」

瑠美は康平と山手に会釈してから、紙袋を差し出した。受け取ると、どっしりと重かった。

「ありがとうございます。何でしょう？」

「うすいえんどう」

「うすい？」

「グリーンピースに近い実えんどう。和歌山《わかやま》の特産でね、すごく美味《おい》しいの。皮が薄くて粒が大きくて甘味があって」

二三は紙袋を覗《のぞ》き込んだ。中のビニール袋から、翡翠《ひすい》のように美しい緑の莢《さや》が顔を覗かせている。

瑠美はカウンターに腰を下ろし、メニューを取り上げた。

「ええと、日向夏サワー下さい」

二三はサワーの準備をしながら訊《き》いた。

「先生、これ、どうやって食べたら良いんですか？」

「普通に、グリーンピースと同じで。豆ご飯とか、海老《えび》と炒めたりとか、つぶしてクリームスープとか。和歌山ではよく卵とじにするんですって。私、リゾット作ってみようと思うの」

「全部、美味そうだなあ」

康平は早くもデレデレと目尻《めじり》を下げている。瞼《まぶた》の裏側にうすいえんどうの料理が浮かんだのだろう。

「去年、和歌山に講演で行ったとき、うすいえんどうをご馳走《ちそう》になったの。あんまり美味しかったんで、農協の方に頼んで、今年から教室用に送ってもらうことにしたわけ。それが今日、届いたの。で、お裾《すそ》分《わ》け。お宅にはいつもお世話になってるから」

二三は瑠美の前におしぼりとお通しのそら豆を置き、続いて日向夏サワーのグラスを置いた。日向夏は一個を二つ切りにして、レモン絞り器と一緒に出す。どの居酒屋でも一般的になっているサービスだが、レモンやグレープフルーツでなく、日向夏というのが売りだ。

「そうそう、翡翠煮もきれいよ」

「翡翠煮……?」

「普通にお塩とお砂糖で煮るんだけど、ウグイス豆みたいに煮込まないで、豆の形が残るように煮るわけ。見た目がすごいきれいだし、豆の味がダイレクトに伝わってきて……」

「く、喰いてえ〜」

康平が堪《たま》りかねたように呻《うな》った。

「俺は卵とじだな」

山手も腕組みをして呟《つぶや》いた。

「山手さん、温サラダもお勧めですよ。茹《ゆ》でたお豆をベーコンと玉ネギとバターで炒めて、仕上げに温泉卵載せるんです。温泉卵が面倒だったら、ポーチドエッグでも大丈夫。トロッとした黄身がバターと混ざり合ってお豆に絡んで……」

「く、喰いてえ」

山手もゴクリと喉《のど》を鳴らし、呻り声を上げた。

「政さんも康ちゃんも、今日は我慢よ。月曜になったら二人が好きな料理を作るからね」

一子の言葉に、山手も康平もパッと顔を上げた。

「いっちゃん、俺は先生の言った、卵載せの温サラダが喰いてえ」

「俺、リゾット。シメで」

「康平、日本人なら豆ご飯だろうが」

「まあ、それもありだと思うけど」

「話のタネに翡翠煮も喰ってみてえな」

「海老とうすいえんどうの中華炒めも良いな。中華屋のグリーンピースって基本冷凍だからさ。本物を喰ってみたい」

二人の食い意地の張り合いに、店には温かな笑いが生まれた。

「先生、お料理のご注文は？」

「そうねえ……」

瑠美はメニューに目を落としてしばし考え込んだ。

「ホタルイカのアヒージョ、日向夏のサラダ、あとは……筍とアサリの煮物にするわ」

一度メニューを置いてから、悩ましげに付け加えた。

「ねえ、この筍とシラスのペペロンチーノって、量はどれくらいかしら？」

「基本パスタ百グラムですけど、お腹《なか》の具合に合せて加減しますよ。五十でも三十でも」

万里が即座に応じると、瑠美は嬉《うれ》しそうに頷いた。

「ありがたいわ。シメになったらよろしくね」

それから康平の方を振り向いて、デカンタをチラリと見た。

「そのお酒は？」

「秋鹿という大阪のお酒なんですけど、どちらかというと濃厚で味の濃い料理が合うんです。先生の今日のメニューはわりとさっぱり系なんで、天青《てんせい》とか白露垂珠《はくろすいしゅ》なんかがお勧めです。あと、山手のおじさんの飲んでるくどき上手も合いますよ」

康平は楽しげに一くさり酒の説明をした。瑠美も楽しそうに耳を傾けている。

二人の様子に、二三はほんの少し胸が高鳴った。

康平さんと菊川先生、よく見るとお似合いなのよね。先生はちょっぴり康平さんを意識してるみたいだけど、康平さんは何も感じないのかなあ？

「二三さん、私、白露垂珠一合下さい」

瑠美がこちらを向いたので、二三はあわてて二人から視線を逸《そ》らした。

月曜日は「カレーの日」にした。今日のカレーはキーマ風のドライカレーで、日替わりもワンコインもこれ一品だ。カレーはそれくらい人気がある。

今日のカレーは万里が張り切って、みじん切りにした野菜と合挽《あいび》き肉を炒め、ルウは使わずにカレー粉とコンソメで味を決めた。隠し味にガラムマサラも使ったので「ひと味違う」と自信満々だ。注文が次々に入るので、ますますどや顔になっている。

焼き魚は塩鮭《しおじゃけ》、煮魚は銀ダラのカマ。小鉢は瑠美にもらったうすいえんどうの卵とじとマカロニサラダ。味噌汁は若竹汁。漬物はカブの糠《ぬか》漬け。ちゃんと葉付きを買って漬けたので、白と緑で彩りも良い。

「あら、このグリーンピース、美味しいわね」

卵とじを一口食べたワカイのＯＬが意外そうな顔をした。

「でしょ？　和歌山特産のうすいえんどうだから」

「グリーンピースに種類なんかあるの？」

「ある、ある。だからこれ、美味しいでしょ」

二三はご機嫌で答えてカウンターに引き返し、煮魚定食とカレー定食の盆を手に取った。

「俺、シュウマイの上に載ってるグリーンピース、いつも外して喰ってたけど、これなら喰える」

カレー定食を前にしたご常連のサラリーマンが言った。カレーの日は絶対にカレー定食を注文するカレー好きだ。

「冷凍じゃなくてフレッシュだもん。旨味《うまみ》が違うわよ」

「ねえ、おばちゃん、先月やった豆のカレー、今度はいつやるの？」

銀ダラのカマを箸《はし》でほぐしながら、仲間のサラリーマンが訊いた。

白インゲン豆と鶏手羽元のカレーは、二三の亡くなった母の得意料理だった。試しに店で出してみたら意外と好評だったので、これまで二回、出したことがある。

「豆のカレー、好き？」

「うん。珍しいし、すごい旨味があるよね。カレーはジャガイモより豆の方が好きになった」

「嬉しいこと言ってくれるね。それじゃ、来週豆カレーにします」

すると、隣のテーブルからも声が掛かった。

「ねえ、タイカレーはやらないの？」

「あれはタイ米にするかどうかで悩ましいのよねえ」

どの程度のお客さんが注文してくれるか読めないと、白米とタイ米の割合が調整できない。もしタイ米が大量に余ったら、ほとんどが廃棄処分になるだろう。今のタイ米は平成の米騒動の時とは違って美味しくなっているが、それでもタイ料理以外で使うのは難しい。夜営業でガパオライスやカオマンガイを出しても、それほど注文は期待できない。

「……タイカレーねえ」

三原茂之《みはらしげゆき》はキーマカレーをスプーンですくって呟いた。

「僕は四十過ぎまでタイカレーを食べたことがなかったから、未だにあんまり馴染《なじ》めないなあ。あれはカレーとは別物って気がする」

三原は七十代後半くらいだ。この世代の男性は、概《おおむ》ね同意見かも知れない。

「あたしはどっちかって言うと、普通のカレーよりタイカレーの方が好きなくらい。タイ料理とベトナム料理、大好きだから」

野田梓《のだあずさ》は煮魚定食を選び、銀ダラのカマに目を細めている。二三と同じく還暦過ぎだが、この年代以降の日本女性は、エスニック好きが多くなる。

「おばちゃん、もう一度やってみようよ。はじめ食堂のお客さんのエスニック指数が分れば、二度目からは失敗しなくなるじゃん」

万里はやる気満々だ。

時刻は一時三十分。会社勤めのお客さんたちは潮が引くように店を後にして、食堂にはご常連の三原と梓がいるだけだ。

梓はうすいえんどうの卵とじを口に入れて、わずかに目を見開いた。

「このグリーンピース、美味しいわ」

「でしょ？　うすいえんどう。和歌山の特産なんだって」

「……ただもんじゃないね」

感心したようにうすいえんどうを箸でつまみ、じっと見入っている。

「菊川先生が和歌山から届いたのを、お裾分けして下さったんですよ」

カウンターの隅から一子が言い添えた。

「豆ご飯とか翡翠煮とかリゾットとか、夜は万里君が腕を振るってくれるみたい。ね？」

一子は万里に向って頷いてから、二三に目を向けた。

「ふみちゃん、やっぱりタイカレーも復活させようよ。万里君の言う通り、もう一度やれば、どのくらいのお客さんが注文してくれるか分るから、次からはお米の量も分るでしょう」

二三は少し意外な気がした。

「お姑《かあ》さん、前向きね。私は昔の〝米騒動〟のトラウマで、タイ米もタイカレーも懲《こ》り懲《ご》りかと思ってた」

一子はニッコリ微笑《ほほえ》んだ。

「ふみちゃんと万里君のお陰かな。ほら、タイ米で鶏ご飯やったでしょ？　あれで、今のタイ米はまずくないって分ったし」

それから万里と梓へ視線を移した。

「それに、野田さんもタイカレーが好きだって言うし、今の若い人には普通に受け容《い》れられてるんだね。カレーの日のレパートリーが増えるのは良いことだと思うよ」

一子の言葉に、二三は背中を押される思いがした。

「うん、そうだね」

万里がいささか呆《あき》れた顔になった。

「おばちゃんてさ、おっきいおばちゃんに言われると、コロッと態度変えるよね」

「当たり前」

二三は腰に手を当てて仁王立ちになった。

「私、お姑《かあ》さんの言うことには従う主義。経験と実績が違うからね」

「そのとおり」

三原と梓が声を揃えた。

万里は「やれやれ」という風に肩をすくめて見せたが、その目は楽しそうに輝いていた。

　一時五十分近くになり、三原と梓が食事を終えて店を出て行くと、入れ替わりのようにメイ・モニカ・ジョリーンのニューハーフ三人組が現れた。

「こんにちは～！」

　そして今日は三人の後ろに続いて、二十歳《はたち》くらいの若者がおずおずと入ってきた。

「あら」

　二三が小さく声を漏らすのと同時に、万里は「よう」と明るく言って片手を挙げた。

「志音《しおん》、久しぶり。良く来たな」

　円谷《つぶらや》志音という福島《ふくしま》県出身の青年で、去年、万里が調理師試験を受けたときに偶然出会った。その後、ちょっとした経緯《いきさつ》から「佃《つくだ》のはじめ食堂に来いよ」と誘ったら、本当にランチタイムにやってきた。それが去年の暮れだから、もう四ヶ月も経《た》っている。

「店の前でウロウロしてたから、引っ張ってきちゃった」

　ジョリーンはそう言って万里にウインクした。

　前回はじめ食堂を訪れたときも月曜のランチの終り頃《ごろ》で、メイたち三人と一緒にバイキング形式でランチを食べたのだった。

「すみません、遅くに」

　志音は神妙に頭を下げた。

「挨拶《あいさつ》は良いから、準備手伝って」

ニューハーフ三人組は自分の店のように、さっさとテーブルをくっつけ、皿小鉢を席に運んだ。

「良いときに来たな。今日は俺の特製キーマカレーと、うすいえんどうが目玉商品だ」

例によって一つにしたテーブルを囲んで、にぎやかなバイキングランチが始まった。

「これ、美味しいわ」

「皮が柔らかいわね」

「それに普通のグリーンピースより、旨味が濃い感じ」

うすいえんどうの卵とじを食べたニューハーフたちは、口々に賛辞を述べた。

「キーマも本格的ね」

「万里君、カレー屋でもやっていけるわよ」

「だろ？」

万里は例によって得意そうに胸を反らした。

志音は銀ダラのカマに箸を入れた。

「これ、美味いですね。脂が乗ってて、身がしっかりしてて」

「魚政《うおまさ》さん……うちの近所の魚屋さんが豊洲《とよす》で仕入れてくれたのよ」

一子が嬉しそうに答えた。

「若い人がお魚食べてくれると安心だわ。魚離れって言われて久しいからね」

そして、ふと思い出したように尋ねた。

「仕事、上手《うま》く行ってる？」

すると、志音はわずかに顔を曇らせた。

「下ごしらえばっかりやらされて、うんざりなんです」

「お宅の厨房《ちゆうぼう》は何人いるの？」

「五人です。主任と副主任は良い人なんだけど、三番目がほんと、イヤな奴《やつ》で。難癖つけるし、朝から怒鳴ってばっかだし」

志音の眉間《みけん》に険悪な影が差した。

「ちょっと仕事が出来るからって態度でかくて、下の者は全員バカ扱いで」

「主任と副主任は何も言わないの？」

「あんまりひどいと『お前一人で仕事してるわけじゃないんだから』って言ってくれるけど、大体は見て見ぬ振りです。そいつにヘソ曲げられたら仕事滞るし……。そいつ、うちのチェーンで最年少で主任になるって言われてるんですよ」

志音は舞浜《まいはま》にあるホテルのイタリアンレストランで働いていると言っていた。

「ただ、洋食でも和食でも、料理の世界は一番最初は追い回しなのよ。掃除と洗い物、食材の下準備ね。実際に料理させてもらえるのは、もっと後になってから……」

一子は洋食屋だった頃のはじめ食堂を思い出した。亡夫の孝蔵《こうぞう》の下には何人かの弟子がいたが、新米は追い回しから始めるのが普通だった。

「それは分ってます。ただ、つまらないことで毎日あいつに怒鳴られるのがいやなんです。主任も副主任も特に注意しないのに、どうして三番手のあいつに、こんな……」

二三は志音の様子を見て、限界まで鬱憤《うっぷん》を溜《た》め込んでいるように思った。もう爆発寸前だ。

「確かに、職場環境悪いよね。怒鳴ったって雰囲気悪くなるだけで、仕事が進むわけないのに」

二三が言うと、志音は我が意を得たりとばかりに何度も頷いた。

「でもお宅のホテル、チェーンでしょ？　もう少し我慢してればその三番手、どっかの支店の副主任に出世して転勤するんじゃない？」

「だと良いけど……」

志音は小さく溜息を漏らした。溜息と一緒に少しは鬱憤も吐き出せたのか、眉間の険悪な影はいくらかうすくなった。

「もしかして、主任と副主任はわざと、その三番手に言わせてるのかしら？」

メイの質問に、志音はきっぱりと首を振った。

「それはないと思います。二人とも穏やかな人なんです。高倉《たかくら》……そいつ、高倉って言うんですけど、二人とも何て言うか、高倉が苦手みたいです。触らぬ神に祟《たた》り無しって感じで」

「それは責任者としては情けないわねえ」

ジョリーンが呆れた顔で眉《まゆ》を吊上《つりあ》げた。

「その高倉？　そいつのせいで新人が次々辞めたら、主任は管理責任問われるわよ。パワハラで訴えられたら、ホテルとしても大変よ」

「だからさ、いざとなったら労働基準監督署に訴えれば良いじゃん。どっちか別の職場に替えてくれるかも知れないし」

万里がお気楽に言うと、メイは眉をひそめた。

「それこそ、職場環境最悪になるわよ。少なくとも志音くんは職場に居辛《いづら》くなるんじゃない？」

二三もメイの意見には賛成だった。

「そうよね。上司としたら、労基に訴えた部下は使いたくないもんね」

志音は不思議そうに万里を見た。

「万里さんは、修業時代はどうだったんですか？」

「俺？　考えてみれば、俺、修業したことないんだ」

万里は今更気が付いて、自分でビックリした。

「居酒屋でバイトしたことはあったけど、ああいうとこはみんなバイトだからさ、上下関係も厳しくないし。それに、俺、短期で辞めてたし」

二三も思い出していた。

「そう言えば、どのバイトも長続きしなかったよね」

「そうそう。で、おっきいおばちゃんが怪我《けが》して、要《かなめ》に脅迫されて、無理矢理ここのバイトに入れられたわけ。それからすでに足かけ六年……思えば遠くへきたもんだ」

万里は腕を組み、感慨に浸るかのように目を閉じた。

「全然参考にならなかったね」

二三の言葉に、志音は小さく笑って頷いた。

「そうだ！」

ジョリーンがぽんと手を打った。

「ねえ、うちの店の厨房、スタッフ募集してたよね？」

「ああ、そう言えば……」

「志音君、どうしても頭にきたら、店辞めてうちにおいでよ。ショーパブだから本格的な料理は出してないけど、次の職場が見つかるまでのつなぎにはなるわ」

「それもありかもね。今、飲食店は人手不足だから、売り手市場なんじゃない？」

モニカもジョリーンに続いた。

志音は明らかに戸惑っていた。そして、答を探すように万里、二三、一子の順番で顔を見た。

「良かったじゃないの、志音君」

一子が優しく微笑んだ。

「これで、いざというときの逃げ場が出来て、少しは気が楽になったでしょ。あんまり思い詰めないで、三番手が転勤するのをお待ちなさいな」

志音は考え込んでいたが、やがてこくりと頷いた。

「……そうします」

その場にいた全員がホッとした。取《と》り敢《あ》えず、志音は精神的に追い詰められた瀬戸際から、何歩か離れることが出来たらしい。

「皆さん、良かったら夜もお店にいらっしゃいよ」

一子がニューハーフ三人の顔を見回した。

「今日はこのうすいえんどうを使って、万里君が色々料理を作るから。美味しいわよ」

「あら、ステキ」

「楽しみだわ」

「呼ばれま～す！」

三人ははしゃいだ声で答えた。

「お、もしかして噂のうすいえんどう？」

その日の夕方、開店直後のはじめ食堂に一番乗りした康平は、お通しのカップを指さして声を弾ませた。中身は淡い緑色のスープだ。

「当たり。うすいえんどうのビシソワーズ」

万里がカウンターの中から答えた。

「うん、美味い。贅沢《ぜいたく》な味だ」

一口啜《すす》って感想を漏らし、その後は一気にズズッと飲んでしまった。

「いや〜、箸が止まらないじゃなくて、カップを下ろせない状態。ほんと、美味いわあ」

万里は得意さと嬉しさで頰《ほお》を緩めた。これは今回のうすいえんどうの料理でも、特に自慢の一品なのだ。

えんどうと玉ネギをバターで炒め、水とコンソメを加えて軟らかく煮てミキサーに掛ける。牛乳を加えて沸騰させないように加熱し、塩胡椒で味を調える。普通はこれで完成なのだが、今回万里は一手間掛け、スープ漉《こ》し器で漉して滑らかさに磨きを掛けた。仕上げに生クリームを入れるほど気合いも入れた。温かいままでも美味しいが、冷蔵庫で冷やしておしゃれ度もいや増した。

「なるほど。だからか、舌触りが全然違う。高いフランス料理屋のポタージュって言われても信じる」

「サンクス。これ、サービス」

入魂の料理を褒《ほ》められて、嬉しくない料理人はいない。万里は腕を伸ばして康平の前に小皿を置いた。翡翠色に輝く豆がこんもりと盛ってある。

「うすいえんどうの翡翠煮。おばちゃんが作った」

万里はカウンターの端に腰掛けている一子を目で示した。

「あたしはウグイス豆も好きだけど、これは皮がうすくて甘味も強いから、翡翠煮にしてみたのよ」

康平は豆を一粒箸でつまみ、口に入れた。

「これはこれで美味いな。素朴な味で。ビールにも合うし」

康平はメニューを取り上げた。

「うすいえんどうの温サラダ、中華炒め、リゾット、豆ご飯……。全部食べたいけど、無理だよなあ」

やるせない顔で溜息を吐《つ》いたとき、入り口の戸が開いてメイ・モニカ・ジョリーンの三人が入ってきた。

「よう、いらっしゃい」

康平はまるで自分の店のように挨拶した。

「こんばんは、お久しぶりです」

「あたしたち、今日二回目なのよ」

「昼間、うすいえんどうの特別料理があるって聞いて」

「そうそう、春の豆祭り」

三人が四人掛けのテーブルに座ると、康平は二三を振り返った。

「おばちゃん、お嬢さんたちにワンドリンクサービスね」

「康平さん、いつもすみません」

三人は恐縮して頭を下げた。

「良いって、最初の一杯だけだから」

「お言葉に甘えま〜す！」

三人は康平に向ってお色気ポーズを決めて見せた。

「私、キウイのスムージーサワー」

「あたし、日向夏サワー下さい」

「あたし、甘夏サワー」

康平はメイたちの方を向いてメニューを指さした。

「ところでさ、中華炒めとリゾットお裾分けするから、メイちゃんたち、温サラダ味見させてくれない？」

「お安い御用よ」

メイが明るく請け合うと、ジョリーンがパチンと指を鳴らした。

「それより康平さん、今日はあたしたちに奢《おご》らせてくれない？　全部オーダーするからシエアしましょうよ」

「それが良いわ！　いっつもワンドリンク奢ってもらってるんだもん」

モニカも手を叩《たた》き、三人はハイタッチした。

「いやあ、悪いよ、そんな」

「康平さん、ここはお言葉に甘えなさいよ。美女三人にゴチになるチャンスなんて、この先一生ないわよ」

二三はそう言いながら康平の箸とグラスをさっさと盆に載せ、メイたちのテーブルに運んでしまった。

「ゴチになります！」

康平は三人の前で空手の「押忍《おす》！」ポーズを取って一礼し、メイの隣の席に腰を下ろした。

「おばちゃん、俺も生ビールお代わり。あ、ドリンクは俺の伝票につけといて」

四人はサワーと生ビールで乾杯した。そしてお通しのビシソワーズを口にすると、ニューハーフ三人は感嘆の声を上げた。

「このスープ、激うま！」

「すごい滑らか！」

「三つ星の味よ！」

「万里が頑張って、スープ、二度も漉したんだって」

康平が言うと、三人は一斉にカウンターを向いて、万里に尊敬の眼差《まなざ》しを送った。

「万里君、すごいわねえ」

「さすが、プロだわ」

「あたしのスープ史上、ベストスリーに入る味よ」

万里は「ありあとっす」と一礼してから、思い切り反っくり返った。ショーパブ「風《ふう》鈴《りん》」でも人気者の三人は、お客さんにご馳走になる機会も多く、舌も肥えている。その彼女たちに絶賛されたのだから、得意満面にもなろうというものだ。

フライパンを振る間も、万里は時々にやついた。

「はい、温サラダ。二人前あります」

茹でたうすいえんどうを、みじん切りの玉ネギとベーコンと一緒にバターで炒め、仕上げにポーチドエッグを載せた温サラダは、主役級の存在感がある。具材の取り合わせを見れば美味しさが想像できるが、実際に食べると想像の上を行く。

「豆とベーコンって、鉄板の組み合わせよね」

「そこにバターと卵も入ってるんだから」

「美男美女が結婚して双子が生まれたようなもんね」

ジョリーンのセリフは意味不明だが、何故《なぜ》かみんな納得してしまった。その心は相乗効果で美味しさアップ、だろう。

続いてうすいえんどうと小海老の炒め物が登場した。中華料理の定番だが、豆が美味しいのでワンランク上の味になる。

「おばちゃん、注文お願いしま～す。日向夏とホタルイカのマリネ、筍と牛肉のオイスター炒め、青柳《あおやぎ》とワケギのぬた、それと春の山菜天ぷらね」

「は～い」

二三が答えると、万里がカウンターから首を伸ばした。

「シメ、どうする？　豆ご飯か、リゾットか？」

四人は一様に首をひねり、同じセリフを口にした。

「豆ご飯も良いけど、リゾットも食べたい……」

一子がカウンターの隅から声をかけた。

「豆ご飯は冷めても美味しいから、お土産で持って帰れるわよ」

四人とも一瞬で答を出した。

「豆ご飯、お土産で！」

そこへ山手政夫と後藤輝明のコンビが入ってきた。

「お、珍しい」

「こんばんはあ。ご無沙汰《ぶさた》してま～す」

ニューハーフ三人の嬌声《きょうせい》に応《こた》えて、山手は軽く手を振った。

「康平、きれいどころに囲まれてるな」

「おじさん、妬《や》かないでよ」

「てやんでえ。こっちにもとびきりの美女がいらあ。なあ、いっちゃん」

一子は苦笑を浮かべて頷いた。

「今日はうすいえんどうがお勧めだ。まずは卵を載せた、あれだな」

山手は席に着くが早いか、後藤相手に解説を始めた。

「生ビール中ジョッキ二つ。それから温サラダと中華炒め」

二人は生ビールで乾杯した後、お通しのスープを口にして、驚いた顔をした。

「これは、万里が作ったのか？」

「当然でしょ」

「いやあ、美味い。ビックリだ」

後藤はもう一口スープを飲んで、感に堪《た》えたように首を振った。

「万里君、腕を上げたねえ。努力の賜物《たまもの》だな」

「ありあとっす。でもやっぱ、才能っすよ」

万里は反っくり返りすぎてよろめいた。

「腕を上げても、バカは相変わらずだな」

山手は楽しそうに言ってスープを飲み干した。

それから次々に新しいお客さんが入ってきて、七時を過ぎると店は満席になった。

万里は康平たちのリゾットを作っていた。米が煮えるまで二十〜三十分掛かるので、仕上がり時間を逆算して作り始める必要があった。

作り方はネットで調べた中で一番美味しそうだった、二つ星レストラン「ドミニク・ブシェ」の吉田能《よしだたかし》シェフのレシピに倣《なら》った。

オリーブオイルでみじん切りの長ネギとマッシュルームを炒め、洗った米を加え、チキンスープを入れて蓋《ふた》をして煮る。茹でておいたうすいえんどうをバターで炒めて加え、仕上げにパルメザンチーズと胡椒を振って出来上がり。

あっさり塩味の豆ご飯が清純な町娘なら、バターとチーズで濃厚に仕上げたこのリゾットは色気溢《あふ》れる大年増《おおどしま》だろうか。好みは人それぞれだが、どちらも食欲をそそることに変わりはない。

「こんばんは」

そこに入ってきたのは菊川瑠美だった。素早く店内を見回して、満席状態にためらいを見せた。

「先生、こちらへどうぞ」

二三がカウンターの隅の席を示した。

「このうすいえんどうの功労者は菊川先生だよ」

康平が椅子《いす》から立ち上がった。

「先生、もうすぐリゾット出来るんです。是非味見して下さい」

「あら、嬉しい。それじゃ、私はシメは豆ご飯にするわ」

瑠美は気軽に応えて、カウンターに腰を下ろした。

「先生、今日はお陰様で、うすいえんどう祭りですよ」

二三はおしぼりとお通しを出して礼を言った。

「私も今日、教室で使ってみたの。やっぱり美味しいわよね」

瑠美は日向夏サワーを注文し、おしぼりで手を拭《ふ》いてからお通しのスープを口にした。

「……すごい。手が込んでるわね」

瑠美も目を丸くして万里の方を見た。

「万里君、すごいわ。普通にフレンチの一流店で出てきてもおかしくない味よ」

「いや〜、ありあとっす。やっぱ、豆が良いっすから」

万里はバンダナの上から頭を掻《か》いた。さすがに瑠美の前では謙遜《けんそん》する気になったようだ。

「はい、お待ちどおさま」

二三が大皿に盛ったリゾット（二人前）をテーブルに運んだ。バターとチーズの香りが皿からフンワリと立ち上った。周囲のお客さんたちも、思わず鼻から息を吸い込んだ。

「ステキ！」

ニューハーフたちは歓声を上げ、拍手した。うすいえんどうがたっぷり入っているので、緑が映えて翡翠の花園のようだった。

康平は小皿にリゾットを取り分けると、スプーンを添えて瑠美の前に持っていった。

「先生、どうぞ。まずは功労者に」

「ありがとうございます」

瑠美はスプーンを口に運び、うっとりと目を細めた。

「美味しい……。万里君、これも傑作よ」

万里はまたしても頭を掻いた。

「レシピのお陰っす。何しろ、ドミニク・ブシェの吉田シェフのレシピっすから」

「あら、いくらレシピがあっても、腕がなければ再現できないわよ」

万里は待ってましたとばかりに反っくり返った。

「へへへ。やっぱ、俺って天才？」

康平と山手がすぐさま「バ～カ」と唱和した。

その夜、閉店後に帰宅した要は、夜食に並んだ「うすいえんどう料理」を目にして、「うひょ～」と奇声を発した。

「なに、これ？　緑のオンパレード」

「喰ってみ。バカウマ」

要はまずビシソワーズから手を付けた。大きく目を開き、夢中で飲み干す様に、万里は得意げな笑みを浮かべた。

「美味いだろ？」

「すごい。傑作」

要は箸を取り、テーブルに並んだ料理を次々に口に運んだ。そしてリゾットを茶碗《ちゃわん》一杯食べてから、豆ご飯にも手を出した。

「ヤバいなあ。夜は炭水化物控えようと思ってんだけど」

「無理、無理」

万里は二本目の缶ビールを開けた。

要は豆ご飯を口に入れ、感心した顔で万里を見た。

「ビシソワーズは傑作だけど、豆ご飯もバカに出来ないね。普通に美味しいもん」

そして空になったリゾットの茶碗を箸で指した。

「こっちもすごい美味かったけど、さすがに毎日だと飽きるかな。でも、この豆ご飯は永遠に食べ続けられる感じ」

「ご飯と豆と塩だけなのに、なんでこんなに美味いのかな?」

つられたように、万里もしみじみと呟いた。

「やっぱりご飯が偉大なんじゃないかねえ」

誰にともなく一子が言った。

「水入れて炊《た》くだけなのに、美味しいものね」

二三も続いた。

「それに、きれいよね。〝銀シャリ〟って言うけど、私は炊きたてのご飯見ると真珠を思い出すわ」

要は母と祖母の顔を見比べて、おどけた口調で万里に言った。

「なんか、今日は二人とも詩人だね」

「いや、俺、おばちゃんたちの言ってること、同感」

万里は真面目《まじめ》くさった顔で腕組みした。

「偉大だよ、ご飯。要も毎日炊きたて喰ってみな。分るから」

「あんたねえ、お母さんもお祖母《ばあ》ちゃんも、朝はハニームーンのパン食べてんのよ」

しかし、ランチの仕込みの最後には、三人で釜の底に残ったご飯(時にはお焦げが混じっている！）でおにぎりを作って食べている。ガスで炊いたご飯は、蓋を取ると真珠色に輝くのだ。

それを言おうとしたとき、万里の尻《しり》ポケットでスマートフォンがなった。

「誰だ、今頃？」

万里は画面を見て不審そうに眉をひそめてから、応対に出た。

「はい。……僕です。……え？　知ってますけど、どうしたんですか？　……ホントですか!?」

一瞬で、万里の顔は緊張感で引き締まった。それからも緊迫した声音で遣《や》り取《と》りが続いたが、最後に分りました、すぐ行きますと言って通話を終えた。

「どうしたの？」

二三も一子も要も、心配して万里の顔を窺《うかが》った。

「志音、丸《まる》の内《うち》警察に捕まったって」

「えええ！」

二三と一子は驚きの声を上げた。志音に会ったことのない要は不審な顔で眉をひそめている。

「喧嘩《けんか》らしい。小競り合いで、身元引受人がいれば帰らせてくれるんだって。それで、俺の名前出したみたい」

「まあ」

万里は椅子から立ち上がった。

「俺、ちょっと行ってくるわ」

「行くことないじゃない。その人、単なる顔見知りでしょ。万里の名前出すなんて、どうかしてるわよ」

「それはさ、単なる顔見知りしか頼る相手がいないからだよ。気の毒じゃん」

万里の言う通りだと二三は思った。職場の人間関係はぎくしゃくしていて、両親は福島にいる。

「私も一緒に行こうか?」

しかし、万里はきっぱりと答えた。

「大丈夫。俺が頼まれたんだし。おばちゃんが一緒だと、奴も恥ずかしいだろう」

そのまま出て行こうとする万里を、今度は一子が引き留めた。

「ちょっと待ってて。すぐだから」

一子は厨房から持ち帰り用のプラスチックのパックを持ってきて、豆ご飯を詰め込んだ。

「お腹空いてるかも知れないからね」

手早く割箸と一緒にビニールの手提げに入れ、万里に手渡した。

「ありがとう。俺、真《ま》っ直《す》ぐ家帰るから、今日はこれで」

気軽に言って、店を後にした。

「お姑さん、万里君、立派になったね」

万里の出て行ったガラス戸に目を遣って、二三は思わず呟いた。

「ホントだ。まるで頼りにならなかったのが、頼られるようになったんだものね」

「アホくさ」

要は露骨に顔をしかめた。

「お人好《ひとよ》しだから利用されてんのよ」

「そうかも知れない。でも、人が好《い》いってすごいことじゃない」

二三が言うと、一子もニコニコしながら後を続けた。

「そうそう。知恵は後から付けられるけど、人が好いのは生まれもったお宝だからね」

翌日、万里はいつも通りはじめ食堂に出勤した。

「昨日はお疲れさん」

「大変だったでしょう」

ねぎらいの言葉をかけながらも、二三も一子も好奇心が目に表れている。事の次第を知りたくてたまらないのだ。

「まあね。お巡りさんが良い人だったから、大事にならないで助かった」

万里は頭にバンダナを巻きながら話し出した。

「志音、あれから映画二本ハシゴして、有楽町《ゆうらくちょう》の居酒屋で夕飯食って帰ろうとしたら、酔っ払いに絡まれたんだって。そいつが大っ嫌いな職場の三番手に似てたんで、ついカッとなって言い返して……」

小競り合いになり、誰かが警察に通報した。そして喧嘩両成敗で双方丸の内警察署に引っ張られたのだった。

「どっちも怪我もなかったし、志音はむしろ被害者だから、説諭だけで放免されたけど……」

警察署を出た途端、志音は「職場の寮には帰りたくない、あんな仕事は辞めてやる」と息巻いた。

「面倒くせえから、青木《あおき》に電話して、一晩泊めてもらうことにした」

「あら、メイちゃん、引き受けてくれたの?」

「うん。どうせ『風鈴』の厨房でバイトするって話だったから、今日、店に面接に連れてってやるって」

「メイちゃん、えらいわねえ」

「うん。あいつ、大人だから」

万里はさばさばした口調で言って、焼き魚の準備に入った。

「万里君もえらいよ。昨日はふみちゃんと一杯褒めたんだよ」

一子が言うと、万里はチラリと白い歯を見せて、仕事に取りかかった。


それから三日後の夜が来た。

金曜の夜のはじめ食堂はお客さんの入《いり》も良く、盛況だったが、閉店時間の九時が近づくとお客さんたちは次々に腰を上げ、一人、また一人と帰っていった。

最後のお客さんが引き上げて、暖簾《のれん》をしまおうと店の外に出たとき、二三は人影に気が付いた。

「……志音君？」

志音はペコリと頭を下げた。

「この度は、ご迷惑をお掛けしました」

「どうぞ、お入んなさい。万里君もいるわよ」

二三は志音を店内へ促した。

「よう」

万里が気軽に声をかけると、志音は前に進み出て、深々と頭を下げた。

「お世話になりました。迷惑掛けて、すみませんでした」

「ま、良いから座れよ」

万里は椅子を指さした。

「俺たちこれから夕飯だけど、お前、めし食った？」

しかし、志音は突っ立ったまま首を振った。

「万里さん、メイさんたちにはもう挨拶したんですけど、俺、やっぱり元の職場に戻ることにしました」

「ホテルのレストラン？」

「はい」

志音はバツが悪そうに目を伏せた。

「『風鈴』の厨房で二日働かせてもらいました。たった二日だけど、なんか、世界が変わったっつーか……俺が間違ってました」

二三と一子は二人の邪魔をしないように、離れた席に移動した。

「ダンサーの人たちも演出や振り付けの人も、毎日真剣勝負で、火花を散らしてる。それでもみんな団結してショーを作り上げてる。すごいなって。それに、外国から来てるダンサーはみんな、家族に仕送りしてるし。もう、すごい厳しい世界で」

志音はつたないながらも、必死に言葉を選んで気持ちを伝えようとしていた。

「俺、甘ったれてました。職場にイヤな奴がいるくらい、つまんないことでした。あいつがオーナーシェフなら望みないけど、俺と同じただの従業員でしかない。そんなら、気にしなければ良かったんです」

志音は再び万里に頭を下げ、続いて二三と一子に向って最敬礼した。

「今日、ホテルの方に謝りに行きました。無断欠勤してたから。主任も副主任も、戻って来いって言ってくれました。俺、もう一度あの店で頑張ってみます」

二三と一子も椅子から立ち上がり、志音に近づいた。

「良かったわね。頑張って」

「また、遊びにいらっしゃいね」

志音は目を潤ませて、二三と一子を見つめた。

「豆ご飯、ご馳走さまでした。ホント、美味かったです。ご飯と青豆だけなのに、あんなに美味しいなんて、すごいことだと思いました」

そして、二三、一子、万里へと順番に顔を見て言った。

「これからもあの豆ご飯の味、忘れません。イヤなことや辛いことがあったら、あれを思い出して頑張ります」

三人は笑顔になり、大きく頷いた。

「よし！　これからは『いつも心に豆ご飯』だ」

閉店後のはじめ食堂に、明るい笑い声が響いた。

第四話

椿油で縁結び

「金曜、何かあるの？」

壁の「金・土、臨時休業致します」の貼紙《はりがみ》を見て、ランチご常連のワカイのＯＬが、勘定を払いながら訊《き》いた。

「慰安旅行。食堂のメンバーで」

「良いな。うちの会社もずっとテレワークだったけど、ゴールデンウイークもどこも行けなかった」

ＯＬは釣り銭を受け取りながら口を尖《とが》らせた。

「おまけに地方からは『来ないでくれ』って言われるし」

「ホントに災難だったわね。お昼、どうしてた？」

「悲惨この上ないわよ。毎日冷凍食品とコンビニ弁当ばっか」

「そりゃお気の毒に」

「またお宅のランチを食べられるようになって、生き返ったわ」

連れのOLがきっかり七百円をレジに置き、二人は「ご馳走《ちそう》さま」と言って店を出た。

今日は暦が六月に変った水曜のランチタイム。梅雨入り前の爽やかな陽気が続き、東京の街にも明るさが戻りつつあった。

四月に日本全国に出された緊急事態宣言の結果、東京は五月下旬まで外出などの自粛要請が出されていた。その間は自宅待機やテレワークを命ずる会社、休業する店舗や施設が続出し、都民の多くは引きこもり状態を余儀なくされたのだった。他県への不要不急の移動も自粛を求められていた。

「旅行なんて行けるときに行かないとダメだって、今度のことでよく分った。おばちゃんたちも、ゆっくり羽伸ばしてきなよ」

やはりご常連の若いサラリーマンが言った。

「ありがとね。その代り、明日の日替わりはカツカレーだから」

「ホント?」

「待ってました、カツカレー!」

四人掛けのテーブルに座ったサラリーマンたちから一斉に歓声が上がった。ランチ男子はカツカレーが大好きだ。

今日の日替わり定食はロールキャベツとアジフライ。

ロールキャベツはコンソメで煮込んだ上、万里《ばんり》お手製のホワイトソースがかかっている。

このソースはデミグラにしたりトマト味にしたりと、時に応じて変えている。どのソースをかけても、ご飯に合うことに変りはない。

アジフライだって冷凍ではない。魚政《うおまさ》が豊洲《とよす》で仕入れた「刺身で出せる」アジを分けてもらい、今朝二三《ふみ》と一子《いちこ》が店でさばいた。生きの良いアジをフライで食べたら、その美味《おい》しさに病みつきになるだろう。カラリと揚がった衣の歯触り、ふっくらした身の口当たり、熱せられた油の海を泳いで余計な水分の抜けた魚肉の旨味《うまみ》と脂の風味、その全《すべ》てが一体となって口の中で花開くのだ。

アジフライはソース派と醤油《しょうゆ》派に分かれるが、このフライに限っては、出来れば調味料をかける前に一口食べてみて欲しいと、二三も一子も願っている。自然な塩気だけで、アジの旨さが堪能《たんのう》できるはずだから。もっとも、お客さんにそんな注文を出さないのが、はじめ食堂のポリシーだったが。

焼き魚は鰆《さわら》の西京味噌漬《さいきょうみそづ》け、煮魚はカラスガレイ。ワンコインは親子丼、小鉢は筍《たけのこ》の土佐煮、ニラとモヤシのナムルの二品。味噌汁は新ジャガイモと玉ネギ。漬物はカブの糠漬《ぬかづ》け（もちろん、葉付き）。これにドレッシング三種かけ放題のサラダが付き、ご飯と味噌汁はお代わり自由で一人前七百円。特別安くはないが、内容を考えたら良心的と自負している。

「ありがとうございました」

「明日もお待ちしてます」

店を出るお客さんに、一子と万里もカウンターの中から声をかけた。

一時は「国難」の様相を呈した新型コロナウイルスの猛威も、ようやく収まりつつあった。

閉店に追い込まれる飲食店も多い中で、幸いにもはじめ食堂はご近所に住む常連さんに支えられていたこと、佃《つくだ》や月島《つきしま》にはテレワークに移行できない業種の会社が少なくなかったことで、何とか大変な時期を乗り越えることが出来た。今更ながら、店がお客さんに支えられていることを痛感させられる出来事だった。

今日もまた、空いた席はすぐに新しいお客さんで埋まった。そして午後一時を過ぎると、潮が引くようにお客さんたちは引き上げて行き、店内は空席が目立つようになる。

「こんにちは」

一時を二十分過ぎた頃《ころ》に訪れたのはランチのご常連、野田梓《のだあずさ》と三原茂之《みはらしげゆき》だった。

「……ロールキャベツとアジフライか。迷うなあ」

三原は日替わり定食のメニューを見て、思案顔で眉《まゆ》を寄せた。

「二大スター競演も、痛し痒《かゆ》しよね。決められないじゃない」

梓も大袈裟《おおげさ》に頭を振った。

「お二人さん、迷ったときはハーフ&ハーフですよ」

二三がニヤリと笑って申し出た。

「あら、嬉《うれ》しい！」

「いつもすみませんねえ」

この遣《や》り取《と》りは今や恒例と化して、週に一度は披露される。二人が店を訪れるのは他《ほか》のお客さんが引き上げてからだし、梓は三十数年、三原も十数年来のご常連だから、ついサービスしたくなる。

一子はフライを揚げ油に投入し、万里はロールキャベツに熱いホワイトソースをかけた。

二人はまず揚げたてのアジフライを一口囓《かじ》り、ハフハフと息を漏《も》らした。

「……美味しい」

「日本人に生まれて良かった」

三原はそう呟《つぶや》いて目を細めた。以前「外国に牡蠣《かき》フライはない」と言っていたから、きっとアジフライも日本にしかないのだろう。

「ところで、旅行は今週末だっけ？」

食後のほうじ茶を啜《すす》りながら梓が尋ねた。

「そう。温泉でのんびりしようと思って」

慰安旅行は、はじめ食堂のメンバーと娘の要《かなめ》、ご常連の辰浪康平《たつなみこうへい》、さらに菊川瑠美《きくかわるみ》も加えた六人で一泊二日の予定になっていた。

「それにしても、熱海《あたみ》・伊東《いとう》って渋いわね」

「私も今となっては不思議なんだけどね。ほら、去年から災難続きだったじゃない。台風は来るわ、コロナウイルスは流行《はや》るわ、おまけに東京オリンピックまで延期になって、店は時短営業させられる。それで、厄払いでもしようかって話になって……」

万里が後を引き取った。

「そしたら要が、熱海には日本有数のパワースポットがあるって言うんで、そんじゃみんなで行こうかって」

「ああ、來宮《きのみや》神社でしょう。最近のスピリチュアルブームで、女子人気すごいらしいわね」

「そうそう。ホントは要は友達と行きたかったみたいだけど、それを聞いて、私たちが無理矢理乗っかっちゃったわけ」

二三が言うと、一子が楽しそうに言い添えた。

「だって、旅行の計画立てるの、面倒だもの。要は旅慣れてるから、お任せしたのよ」

「何しろ菊川先生が参加するから、要も無下に断れなかったんでしょ」

要は小さな出版社に勤めている。今は文芸書の編集者だが、以前実用書の編集をしていた頃は瑠美の担当だった。人気料理研究家で、ベストセラー本も出している瑠美を、編集者としてアテンドしないわけにいかない。

「菊川先生もお忙しいでしょうに、よく時間が空きましたね」

「例の自粛騒ぎで教室もお休みが続いて、クサクサしてたんだそうです。それで、ダメ元でお誘いしたら、意外にも」

瑠美は人気料理研究家だから雑誌の仕事はあったし、動画を撮影して生徒たちにネット配信もしていた。しかし、直《じか》に生徒に会えなくなったことで、明らかに気落ちしていた。そして二三の勘では、瑠美は康平に好意を抱いているような気がするのだが……。

「康平さんは例のことがあったから、厄落としだね」

万里が言うのは、見合い相手の不倫事件だ。康平は傷ついていないようだし、あの事件のお陰で彼の人柄の良さと度量の大きさを再認識したりと、悪いことばかりではなかったが、本人にしたらやはり愉快な出来事ではなかったろう。

「野田ちゃんとこは、近頃どう?」

「やっと客足が戻ってきた感じ。でも、まだ七割くらいかな」

梓は銀座の老舗《しにせ》クラブでチーママをやっている。今回の新型コロナウイルス騒ぎで、バーやクラブは名指しで休業を求められた。その結果、閉店や廃業が相次いだ。

「うちは幸い復活できたけど……。水商売や飲食店だけじゃなくて、行きつけの美容室やブティックまでガラガラ。三十年以上通ってるけど、あんなの初めて見た。おまけに卒業式が中止で、袴《はかま》の着付けの予約が全部キャンセルになったんですって。花屋さんもお花が全然で……。よくつぶれなかったと思うくらい」

そして、気の毒そうに三原を見た。

「帝都《ていと》ホテルさんは大企業だから大丈夫でしょうけど、宴会のキャンセルとか、多かったんでしょう？」

二三は以前、要から「三月以降の出版社系のパーティー、全部延期になったのよ。でも次の予定が決まってないから、実質的には中止かも知れない」と聞かされた。

三原は一瞬、苦いものを呑《の》み込んだように顔をしかめた。

「それはもう、悲惨でしたよ。これから夏にかけて、何とか立て直しを図っているところです」

三月、四月は年度替わりの宴会も多いが、そのほとんどがキャンセルになった。のみならず、結婚式や卒業式の謝恩会などもおしなべて中止に追い込まれ、なおかつ国内外の宿泊客も激減した。おまけに国の緊急事態宣言で、ゴールデンウイークの予約もすべて吹き飛んでしまった。

三原ははじめ食堂で弱音を吐いたりしていないが、日々のニュースに接していれば、誰でも自《おの》ずと察せられる。

「これはホテルだけの問題じゃありません。テナントさん、生花や食材を納めてくれる業者さん、派遣で働いてくれる人たち、バス会社、旅行代理店と、様々な分野に影響が及んでしまいましたからね。回復目指して足並みを揃《そろ》えたいところですが……」

最後は歯切れ悪く言葉を濁した。致し方ないこととは言え、中小の業者には帝都ホテルのような体力がない。倒産したり廃業したりする業者も出たのだろう。

食堂にどんよりした空気が流れた。するとそれを断ちきるように、一子がきっぱりと言い放った。

「大丈夫。これからきっと良くなりますよ」

一子は穏やかに微笑《ほほえ》み、一同の顔を見回した。

「だって去年から災難続きで、日本も世界も運気は下がりっぱなしだったでしょう。今はどん底ね。だから、これから先は上がるっきゃありませんよ」

「不思議だなあ。一子さんにそう言われると、大丈夫な気がする」

三原が顔をほころばせると、他の三人の胸にも安堵《あんど》がひろがった。

「あたしも何だかモヤモヤが晴れた」

「悪いことばっかり考えたって、暗くなるばっかりだもんね」

「うん、そうだ」

万里は真面目《まじめ》くさった顔でドンと胸を叩《たた》いた。

「何つったって、俺《おれ》には若さと才能と美貌《びぼう》があるし」

二三と梓はすぐさまユニゾンで唱えた。

「ば〜か」

熱海は東海道新幹線こだま号を利用すれば、東京駅から五十分かからず到着する。

古くからの温泉地で、明治に入ると高級別荘地となり、丹那《たんな》トンネル開通に伴って東海道本線が熱海駅経由となると東京からの観光客が増大し、「東京の奥座敷」と呼ばれる賑《にぎ》わいを見せた。昭和二十年代からは新婚旅行と団体旅行のメッカとなって大型ホテルが次々と新設されたが、昭和四十年代を境に熱海人気はすっかり衰え、「寂《さび》れた温泉地」のイメージで語られることもあった。

それが近年、都心からのアクセスが良く、日帰り可能な優良温泉地であることに加え、美味しい食事、季節のスイーツ、パワースポット、風光明媚《めいび》、などの特長が「女子旅」にピッタリと、一気に人気が沸騰した。今や熱海へ行くのはおじさんより女子の方が多いくらいなのだ。

「旅館でさ、俺たち以外みんな女子だったらイヤだよねえ」

東京駅のホームで康平は気弱な声を漏らした。新幹線待ちの行列を心細げに眺めては、男女比を見定めようとしている。

「別に気にすることないじゃん。俺たち添乗員でもないし」

万里は意に介する様子もない。

「だけどさあ、若い女の子ばっか泊まってる宿に男が行くと、それだけで白い目で見られそうじゃん。いかにもスケベみたいに……」

「ま、康平さんはもう中年だから、そうかもね。俺なんか、リアル『バチェラー』状態になったらどうしようって心配で」

「ば～か。どこが『バチェラー』だよ」

要が頭にゲンコツを落とす真似《まね》をした。

「その、バ……ナントカって、なんだい？」

聞き慣れぬ言葉に、一子が瞬《まばた》きした。

「早い話が素人イケメン争奪合戦よ」

「バチェラー」とはイケメンでセレブの独身男性（バチェラー）を巡って、約二十人の女性が寵愛《ちょうあい》を獲得すべく、駆け引きとバトルを繰り広げる恋愛リアリティ番組である。アメリカで二〇〇二年に放送が始まると大人気となり、今や日本も含め世界数十カ国でローカル版が制作されるまでになった。

「それはまた、随分とえげつない話だねえ」

一子が眉をひそめると、二三も大きく頷《うなず》いた。

「お姑《かあ》さんの言う通り。昔も『ラブアタック！』とか『プロポーズ大作戦』とか、素人参加番組があったけど、あれは素直に笑えたわよね。フラれても誰《だれ》も傷つかなかったし」

要はうんざりした口調になった。

「出演する女の子は自己責任で応募してるんだから、良いのよ。選ばれたらめっけもん、フラれたら全国的に恥さらしって。観《み》る方もそれが分ってるから、全世界で人気なんでしょ」

「何だか、人の不幸を見世物にするみたいで、好きになれないねえ」

「お祖母《ばあ》ちゃん、昔から言うでしょ。『人の不幸は蜜《みつ》の味』って。エンターテインメントの神髄は、人の不幸を見物することなのよ。私なんか子供の頃『フランダースの犬』と『南極物語』観て、今でもトラウマになってるんだから」

タイトルを口にした途端、要の目が潤んだ。瞬時にトラウマが甦《よみがえ》ったらしい。年齢を考えれば公開当時は生まれていないので、ＤＶＤかテレビの再放送を観たのだろう。

「日本人の気持ちも変ったのかねえ」

一子が問いかけるように二三を見た。言外に「昔の日本人なら『バチェラー』のような〝えげつない〟番組は制作しなかっただろうし、大勢がそれを喜んで視聴することもなかったはずだ」というニュアンスが感じられた。

「私も一瞬そう思ったけど、考えてみれば昔の方がもっとえげつない番組やってたわよ。今で言うワイドショーで……」

二三はそこで声を潜めた。

「ほら、男と駆け落ちした奥さんの行方を突き止めて、スタッフが旦那《だんな》と一緒に乗り込んだりとか、あったじゃない」

「ああ、そう言えば……」

一子もまた、大昔の情報バラエティ番組をあれこれ思い出した。

「あれは『アフタヌーンショー』だったっけ?」

「『モーニングショー』もあったわよ。今なら絶対、人権侵害で告訴もんよ」

「昔は『ぷらいばしー』なんて、なかったもんねえ」

「日本文学の最高峰『源氏物語』だって、光源氏を巡る大勢の女の話だし、『大奥』なんて、もろ『バチェラー』でしょ」

「言われてみれば……」

二三が『大奥』の岸田《きしだ》今日子《きょうこ》の物真似でナレーションを始めようとしたところで、指定のこだま号がホームに入ってきた。

「ところで菊川先生、遅いね」

「チケットはお渡ししてあるし、間違えるはずないんだけどなあ」

要もチラリと腕時計を見て、心配そうな顔になった。

「電話してみたら?」

要はスマートフォンを取り出して電話の画面をタップしたが、首を振った。

「電源が切れてるか、圏外だって。どうしたんだろう？」

すでに車内清掃が終り、乗車が始まっている。

「みんな、先に乗ってなよ」

康平が気軽に申し出た。

「もし先生が間に合わなかったら、次のこだまで一緒に行くから、心配ないって」

「あら、とんでもない！　康平さん、乗ってください。私が待ってます」

二三は康平に見えないように、要の尻《しり》を叩いた。

「あらあ、康平さん、悪いわねえ。それじゃ、お願いします」

二三は事情を飲み込めていない要の腕を引っ張り、車内に乗り込んだ。

「お母さん、何よ？　困るじゃない」

「良いから、良いから。康平さんに任せなさい」

要は困惑して一子の方を見た。一子は訳知り顔で頷いてみせた。そこで初めて要にも察するものがあったようだ。

「ふうん。そうなんだ」

その後は一切詮索《せんさく》がましいことを口にしなかった。黙って見守るのが一番だと分っているのだろう。

要も大人になったものだと、二三は頼もしく思った。

新幹線の車内では三人掛けの席を向い合わせにして、昔懐かしい「団体旅行気分」を味わった。

「これで冷凍ミカンと駅弁とパック入のお茶があれば完璧《かんぺき》ね」

かつては汽車の旅と言えば窓を開けてホームの売り子から駅弁やお茶を買ったものだが、そんなことを覚えているのは二三と一子だけだろう。

「昔の『つばめ』や『はと』には食堂車があってねえ。……最初は新幹線にもあったんだけど」

一子が懐かしそうに口にした「つばめ」は九州新幹線ではなく、かつて東京～大阪間を七時間半で走っていた特急列車の名で、「はと」も同様だ。一子は「つばめ」にも「はと」にも乗ったことはない。少女時代は実家の手伝いで忙しく、結婚してからは食堂の接客と子育てに追われ、家族でゆっくり旅行する暇もなかった。だからこそ、あこがれのイメージが心に残っている。

「最近の新幹線は食堂車どころか、車内販売がない列車もあるのよ。ワゴンにもコーヒーとか弁当、サンドイッチは積んでないし」

要の説明に、一子も二三も目を丸くした。

「あらまあ、車内販売でお弁当がないなんて」

「みんな、駅で買ってくるのよ。東京駅の駅弁売り場なんか、すごいもん」

「おばちゃん、今の日本で食堂車がある列車なんて、九州の『ななつ星』とか、超高級だけだよ」

「ななつ星……聞いたことがあるような」

「すごいよ。最低でもお一人十八万はしたはず。高いコースは百万以上だって」

「あらあ、オリエント急行より高いんじゃない？」

二三も思わず驚きの声を上げた。

「まったく。そんなもん、誰が乗るんだか」

要はフフンと鼻で笑って万里を見た。

「あんたとは一生縁のない、富裕層よ」

「その言葉は熨斗《のし》を付けて返してやるぜ」

「私は仕事で乗る可能性あるもんね。取材とか大作家のお供とか」

万里も思いっきりバカにした顔でせせら笑った。

「あの吹けば飛ぶような、徳俵からはみ出て土俵割りそうな、棺桶《かんおけ》に片足どころか両足突っ込んで縁に腰掛けてるような、今にもつぶれそうな弱小出版社が？」

「よくもまあ、そこまでてんこ盛りで悪く言えるわね」

「困るんだよなあ。表現力が豊かすぎて。ポリポリ」

万里が頭を掻《か》く真似をすると、要は思いっきり顔を歪《ゆが》めて「ば〜か」と言ったが、不覚にもその顔が「変顔」になってしまい、一同の爆笑を誘った。

九時五十七分に東京駅を出発した「こだま」は、十時四十二分に熱海駅に到着した。

「まずは皆さま、熱海駅名物『家康《いえやす》の湯』で旅の疲れを癒《い》やしてくださいませ」

要は添乗員よろしく、前方を手で指し示した。

駅前のロータリーの一角にそれらしき施設が見える。満々と湯をたたえた大きな浴槽の周囲に東屋《あずまや》とベンチが設置され、足湯を楽しめるようになっていた。浴槽の中央には高さ五メートル、幅六メートルほどの大きな岩石がデンと鎮座していた。百円で買えるタオルの自販機も置いてある。

この足湯は徳川家康の来熱四百年を記念して、二〇〇四年に熱海の温泉組合が設計・施工して寄贈したものだ。百パーセント天然温泉の掛け流しであるだけでなく、浴槽の湯を全部抜いて毎朝掃除し、新しい湯を満たしているから、清潔この上ない。

足湯を楽しんだ後、はじめ食堂のメンバーは要の案内で次の名所に移動することになった。

「十五分くらいだから、歩こうね」

四人は海岸に向って進んでいった。

熱海の市街を少し歩いただけで、二三は上り調子の土地だと感じた。商店街にはリニューアルオープンしたらしい小綺麗《こぎれい》な店がいくつもあって、お土産品がセンスの良いパッケージで売られていた。そして、すれ違う観光客は若者が多かった。

もはやかつての「温泉町」のイメージは完全に払拭《ふっしょく》され、都心から気軽に行ける「お出かけスポット」に脱却したようだ。

さて、二三たちが着いたのは熱海サンビーチに隣接する親水《しんすい》公園。そこにマント姿の男子学生が日本髪に和服の若い女性を蹴《け》飛《と》ばしている銅像が建っている。制作は一九八六年。単なるDVと勘違いする人のため（?）に、隣には碑と解説板があって、『金色夜叉《こんじきやしゃ》』のあらすじも書いてある。それを読めば二人が小説の登場人物、貫一《かんいち》とお宮《みや》だと分る。

万里が像を指さして、二三と一子を振り向いた。

「はなだったら絶対、この二人が誰か分んないよ」

桃田《ももた》はなはアパレルメーカーに勤める、万里の〝自称GF《ガールフレンド》〟である。

「はなちゃんはまだ二十歳くらいでしょ?　知るわけないわよ」

「あたしだって『金色夜叉』なんか読んだこともない。この場面だけは知ってるけど、この後どうなるかは、皆目」

「それにしても、ここまでやる?」

二三が指さしたのは、銅像の隣に立つ「お宮の松」だった。しかもそれは二代目で、一九四九年の台風で枯れた「初代」はその隣の場所（しかも屋根付き）に、「初代お宮の松」と彫られた木杭《きぐい》とともに輪切りにされたものが展示されているのだ。

「ま、亀有《かめあり》には両《りょう》さんの像が立ってるし、柴又《しばまた》は寅《とら》さんとさくら、四《よ》つ木《ぎ》は『キャプテン翼』、境港《さかいみなと》は『ゲゲゲの鬼太郎』だから。キャラクターの銅像立てちゃうのは、日本人のDNAじゃないの？」

〝両さん〟とは『こちら葛飾《かつしか》区亀有公園前派出所』の主人公・両津勘吉《りょうつかんきち》のことだ。

その指摘に二三はちょっぴり感心した。

「万里君の言う通りかもね。きっと日本全国には色々あるわよ。須賀川《すかがわ》にはウルトラマンの銅像があるんでしょ」

福島《ふくしま》県須賀川市は円谷英二《つぶらやえいじ》監督の故郷であることから、「M78星雲 光の国」と姉妹都市になった。

「でも、明治の男って強いかと思ったら、案外女々しいわよね。女にフラれたくらいで『来年の今月今夜のこの月を僕の涙で曇らせてみせる』って、バカじゃないの？」

要は文芸編集者らしからぬ発言をした。

「そりゃしょうがないって。そもそも小説書くような男はみんな女々しいんだよ。太宰《だざい》治《おさむ》なんか典型だけど、夏目《なつめ》漱石《そうせき》だって女々しさのオンパレードじゃん」

「さすが万里くん。小説家志望だっただけあるわね」

一子が真面目に褒めると、万里は「どうだ」とばかりに胸を反らせた。一方の要は何も言わずに曖昧《あいまい》な笑みを浮かべた。実は太宰は『走れメロス』、漱石は『吾輩《わがはい》は猫である』

と『坊っちゃん』しか読んでいないので、詳しいことは知らないのだ。ここでボロを出さないように、精一杯明るい声を張り上げた。

「え〜、それでは皆さま、そろそろランチのお店に移動しま〜す」

こうして三人は要に先導され、昼食をとる店へ向った。

海岸に沿って走るジャカランダ遊歩道を熱海駅とは逆方向に進む。熱海の歩道のマンホールは『金色夜叉』のモチーフが使われていて、歩行者の目を楽しませてくれた。

と、要のスマートフォンが鳴った。画面を見て「菊川先生！」と告げ、耳に当てた。

「先生、大丈夫ですか？　ああ、良かった。はい、もちろんです。……はい。……はい。今、ランチのお店に向うところです。『みかわ』という和食屋です。はい。『二《にのまえ》』で予約していますので、そちらで……」

要は電話を切ると、安堵の溜息《ためいき》を漏らした。

「良かった。先生と康平さん、お店に向うって」

ほどなく目指す店が見えてきた。「金目鯛《きんめだい》　みかわ」という看板から金目鯛を売りにしていることが分る。

魚が一切食べられない万里は、早くも及び腰になった。

「要。俺、金目も海鮮もアウトだからな」

「大丈夫。あんたには特別メニューがあるから」

「いらっしゃいませ」

店は広く、百席ほどあった。大きな窓から差し込む光が、清潔な店内を明るく照らしている。十二時前なのにすでに客席の三分の二が埋まっていて、人気の高さを物語っていた。奥のテーブルにはすでに康平と瑠美が座っていて、四人の姿を見ると、すぐに立ち上がった。

「本当にごめんなさい！」

瑠美は深々と頭を下げた。

「昨日、夜中に実家の母から電話がかかってきて、一時間ぐらい愚痴られちゃって……。それで目が冴《さ》えちゃったんで、睡眠導入剤飲んだら、今度はすっかり寝過ごしてしまって」

母親にもう一度電話で起こされたら困るので、スマートフォンの電源も切っておいた。焦っていたのでそのことも忘れてしまい、要から電話があっても繋《つな》がらなかったのだ。

「先生も災難でしたねえ。でも、あわててお怪我《けが》をしなくて何よりでした」

一子が優しく慰めた。

「本当にすみませんでした。駅のホームで康平さんの姿を見た時は、ありがたくて後光が差して見えました」

「まだ仏になってませんって」

康平は笑って手を振ってから、店内をぐるりと見回した。

「良さそうな店だね。美味しいものが出てくる雰囲気があるよ」

要はやや得意そうな顔で、メニューを開いて見せた。

「この店に来たら、金目鯛の煮付けは絶対に食べた方が良いですよ。私はお店一押しの『みかわ定食』にします」

金目鯛の煮付けと刺身の盛合せがセットになった定食で、写真を見るだけで食欲をそそられた。

「私も」

「俺も」

メンバーはすぐさま「みかわ定食」を注文した。

「万里はこれにしなよ」

要はメニューを指さした。「大海老《えび》フライ定食」と「伊勢《いせ》海老鍋《なべ》定食」が載っていた。鍋料理は「伊勢海老を一尾丸ごと使用」と書いてあるが、大海老フライも伊勢海老に負けない大きさで、皿から尻尾がはみ出しそうだ。値段はどちらも四千円。

「う〜ん、迷うなあ」

万里はメニューとにらめっこを始めたが、結局「伊勢海老鍋定食」を選んだ。

「はじめ食堂じゃ伊勢海老は出ないからなあ」

間もなく店員がやってきて、万里の前にカセットコンロを置き、具材を盛った鉄鍋を運んできた。スープの中には野菜が敷かれ、半身に割った伊勢海老と大粒のアサリが載っている。

「これはけっこうインスタ映えするな」

万里は早速スマートフォンを取り出して伊勢海老鍋を写した。

続いてご飯と生卵、漬物が運ばれてきた。

「よろしかったら最後、伊勢海老雑炊にしてお召し上がり下さい」

店員はざっと鍋の説明をして立ち去った。

「お待ちどおさまでした」

伊勢海老鍋が良い具合に煮立ってきた時、「みかわ定食」の盆が運ばれてきた。

「すげえ、迫力！」

「実物は写真以上上ね！」

この時期、熱海の魚市場には黒ムツ、アジ、鯖《さば》、カツオ、スズキ、アコウダイ、黒鯛、伊勢海老、トコブシなど、豊富な旬の魚介が水揚げされるが、中でも金目鯛は別格と言って良いだろう。金目鯛で有名な伊豆稲取《いずいなとり》と同じ相模灘《さがみなだ》に臨んでいるのだから、質の良さは折紙付きだ。

定食の大皿の上には目の下二十センチはあろうかという金目鯛が、丸々一尾載っていた。

焦げ茶色の煮汁に赤い身を委《ゆだ》ね、照りを放っている姿を見れば、理性は食欲に白旗を揚げるしかない。

刺身は地元で捕れた黒鯛、カツオ、アジ、スズキ、伊勢海老の五点盛り。ここにウニやイクラがあったら却《かえ》って興ざめだ。

しかも、味噌汁には伊勢海老の殻が入っているではないか。伊勢海老出汁《だし》の味噌汁とは、何と贅沢《ぜいたく》なのだろう。これに小鉢と漬物が付いて、お値段は消費税込みで三千円ぽっきり！

「営業努力よねえ」

地元の利があるとは言え、この内容でこの値段はまことに良心的だった。安くて美味くて栄養たっぷりをモットーにしているはじめ食堂だから、店の苦労と工夫がよく分る。二三は感心しながらじっくりと味わった。

刺身はもちろん、金目鯛の煮付けも素材の良さが決め手だった。煮汁は醬油と酒と砂糖だけと聞いたが、金目から出る良質の脂で、旨味とコクは充分だ。魚肉は箸《はし》を入れれば抵抗なく骨から剝《は》がれる身離れの良さで、しっかり弾力もある。甘辛い味付けに深海魚の力強い旨味が合体して、パワー全開で迫ってくる。上品や洗練とは対極の、素朴で野性的な美味しさだ。箸が止まらない。ご飯が何杯でも食べられる。

「やっぱ、金目は煮付けに限るわあ」

二三は思わず声を上げた。最後は煮汁をご飯にかけてかき込んでしまった。

「あ〜あ、残念。三十年前なら三杯はお代わり出来たのに」

「あたしも、久しぶりに骨湯《こつゆ》にしたくなったよ」

きれいに骨を残した皿を見て、一子も独り言のように呟いた。

煮魚を食べた後、残骸《ざんがい》に熱湯を注いで飲むのは、昔ながらの習慣だった。残った身と骨から出る出汁と煮汁の残りが良い案配でミックスされ、締めにちょうどよかったのだが、いつの間にか骨湯をしなくなっていた。

「そう言えば、死んだ爺《じい》さんは煮魚食った後、お湯かけて飲んでたなあ」

康平は何かを思い出すように宙を見上げた。

「骨湯か……。これも失われ行く日本の食文化なのかしらねえ」

瑠美も溜息交じりに言って食後のお茶を啜った。

万里は伊勢海老雑炊をきれいに平らげて、満足そうに伸びをした。

「あ〜、美味かった。これで当分、伊勢海老なしでも生きていけるぜ」

「万里、生まれてから何回くらい伊勢海老食べた？」

「数えるほど」

「やっぱり」

万里と要の漫才をＢＧＭに、一行は親水公園に作られた遊歩道を南へ歩き、渚《なぎさ》小公園に入った。海に面して三段のウッドデッキが広がり、デッキを下りた先は船の発着所で、赤と黒を基調にしたおしゃれな小型船が停泊していた。

「こちらで遊覧船サンレモ号に乗って、三十分の船旅をお楽しみ下さい。甲板ではカモメにエサをやることも出来ますよ」

そして得意げに付け加えた。

「何故《なぜ》この船がサンレモ号かというと、熱海は北イタリアのサンレモ市と姉妹都市提携をしているからです」

乗船する前に、係員から救命ベストを手渡された。

「お姑さん、確か、大横川《おおよこがわ》のお花見クルーズもベスト着用なのよ。同級生が言ってた。去年乗ったら、せっかく着物でおしゃれしたのに、ベスト出されてがっかりしたって」

「仕方ないねえ。安全第一なんだろう」

船に乗り込むと、乗客はまず船底のフロアに案内された。両側に窓があり、海中の様子が見物できる。

一階が客席で、屋上が甲板になっていた。海鳥にエサをやるために、かっぱえびせんの小袋を百円で売っていた。

二三が試しに袋からえびせんをつまんで掌《てのひら》に載せると、海鳥が飛んできて素早く嘴《くちばし》で挟み、再び飛び去った。

「けっこう、人慣れしてるみたい」

「奈良《なら》の鹿《しか》みたいなもんか」

皆それぞれ袋を開け、鳥にエサをやった。海に向ってかっぱえびせんを放《ほう》り上げると、次々に鳥が飛来して、巧みにキャッチしてゆく。たちまち袋は空になった。

康平は瑠美と並んで手すりにもたれ、海を眺めた。瑠美は群れ飛んでいる海鳥を指さした。

「私、鳥が近づいてくるのを見たら、ヒッチコックの『鳥』を思い出しちゃった」

「あ、あれ、怖かったなあ。しばらくは、電線にカラスが止まってるの見ただけで怖かった」

「おまけにその頃、うちで文鳥飼ってたから……」

「それ、ヤバイ！」

二人は楽しそうに笑い声を立てた。二人きりで新幹線に乗って過ごした時間は、確実に康平と瑠美の距離を近づけたようだ。

サンレモ号を降りて、いよいよ宿へ向うことになった。伊東にある、女性に大人気の温泉宿だという。

「けっこう歩きましたので、ここからはタクシーで向いましょう」

要によれば、車で三十分、伊東駅からは徒歩十分の距離だという。二台に分乗することにした。

「先生は康平さんと並んで、万里君は助手席ね」

客待ちをしていたタクシーに、二三は素早く三人を押し込んだ。

「お母さん、私は先生のアテンド……」

口を出そうとした要の尻を軽く抓《つね》って黙らせた。それでようやく母親の意図を思い出したらしい。

「運転手さん『湯の郷《さと》　花のれん』へお願いします」

行き先を告げて、もう一台のタクシーに乗り込んだ。

「湯の郷　花のれん」は木の美しさを活《い》かした作りの旅館だった。敷地は広く、緑が豊かだ。豊富な湯量を誇る伊東温泉から源泉四本を有しているので、一年中利用できる源泉プールまである。

ロビーに一歩足を踏み入れるや、四方に飾られた生花から仄《ほの》かな香りが漂ってきた。内装は女性好みのエレガントなデザインで統一され、通り過ぎる宿泊客も女性ばかりだ。康平は早くも居心地悪そうに身を縮めている。

「お部屋にご案内させていただきます」

係の女性に案内され、それぞれ客室に落ち着いた。

二人一部屋で、広さは三十畳以上あり、各部屋にリビング、寝室、露天風呂《ぶろ》、屋上庭園が付いている豪華さだ。しかも大浴場には内風呂と露天風呂が両方備わっているのだ。これで一泊の基本料金が、朝夕食付きで一人一万二千円なのだから驚きだ。

「要もやるわねえ。さすがは編集者」

「あたしたちの知らないところで、苦労してるのかも知れないね」

二三と一子は素直に要を見直した。特別文学少女でもないのに出版社に合格したときは驚いたが、それでもクビにならずに続いているのだから、きっと家族には分らない取り柄があるのだろう。

「お母さん、お祖母ちゃん」

十五分ほどして、要が部屋にやってきた。

「ここ、どう?」

「良いお宿だねえ」

「どうやって見付けたんだろうって、お祖母ちゃんと話してたとこ。色々勉強してるのねえ」

母と祖母に褒められて、要は照れ隠しに「えっへん」と咳払《せきばら》いした。

「ところで、この旅館、御当地ワークショップっていうのがいくつかあって、今の季節は椿油《つばきあぶら》作りが体験できるんだよ。もちろん、無料《ただ》で。やってみる?」

「椿油って、伊豆大島じゃないの？」

椿と言われて、二三は咄嗟《とっさ》に都《みやこ》はるみの「アンコ椿は恋の花」を連想した。

「静岡《しずおか》県もけっこう産地なんだって。五島列島の福江《ふくえ》島とか佐渡島も名産地らしいよ」

要の説明で、一子も俄然《がぜん》興味が湧《わ》いてきたようだ。

「面白そうだね」

促すように二三を見た。もちろん、「やる、やる」と答えた。

要に案内されてワークショップ用の部屋に移動すると、すでに万里たち三人も待っていた。

八畳くらいの板敷きの部屋はコの字型のカウンターがあり、多分搾油機だろう、小型の器械が五台置いてあった。椅子《いす》は十脚なので、二人ひと組で体験するのが基本らしい。他には小皿に入れた焦げ茶色の粒……色も大きさも栗《くり》に似ている……と、小さなガラス瓶、スポイト、クルミ割り鋏《ばさみ》のような道具が載っている。

カウンターの中には係員が一人立っていて、にこやかに挨拶《あいさつ》した。

「皆さま、本日は椿油作りのワークショップにようこそ。これから手順を説明させていただきます。まず、お二人でひと組になって下さい。共同で作業していただきます」

ごく自然に二三と一子、要と万里、康平と瑠美がコンビになった。

「こちらは乾燥させた椿の実です。まずは殻を割って種を取り出していただきます」

係員はクルミ割り鋏に椿の実を挟んだ。両手で握って力を込めると殻にヒビが入り、ベージュ色の種が姿を現した。

「力が要りますので、どうぞ、お二人で交替しながら割って下さい」

言われたとおりにやってみると、案外力加減が難しい。

「あら、種まで割れちゃった」

二三が思わず係員を見ると、「大丈夫ですよ」と笑顔で答えた。

「殻が取れればOKです。瑕《きず》のあるなしは関係ありません」

それからしばらく、「やった!」「ヘタクソ!」「あ、惜しい!」など、部屋にははしゃいだ声が響いた。

「では次に、種を受け皿に入れて器械にセットして下さい。ハンドルを回すと搾油板が実を圧迫して、徐々に油が搾れます」

小皿に八分目ほどあった椿の種は、殻を取ると半分以下の量になっていた。それを搾油機の付属品の金属皿に入れ、ハンドルを回すと搾油板が下りて行き、圧迫して油が搾れる仕組だ。

「単純だけど、このやり方が一番新鮮で美味しい油が搾れるんですよ。熱も加えてないし、力がゆっくりかかるでしょ?」

瑠美が搾油機のハンドルを回しながら康平に言った。

「酒造りと似てるかも知れないな。美味い酒を造る蔵は、機械を入れても絶対に手を抜かないし」

康平は瑠美と交替してハンドルを握った。

搾り口から透明の液体が細い糸のように垂れ始めた。

「受け皿に溜まった椿油は、スポイトでこちらの瓶に移して下さい。そのままお持ち帰りいただけます」

ピュアな椿油は、よく見ると淡い黄金色をしていた。小指くらいの大きさのガラス瓶二本くらいの量だが、自分で殻を割って搾り器にかけたので、満足感は大きい。

「昔は黄楊《つげ》の櫛《くし》に椿油を塗って、それで髪の毛を梳《と》かしたもんよ」

ガラス瓶を目の高さに持ち上げて、一子は懐かしそうに目を細めた。

二三にも微《かす》かに記憶があった。亡くなった母も毎日椿油を塗った黄楊の櫛で髪を梳かしていた。長年椿油を吸い込んだ櫛は飴《あめ》色に染まっていた……。

「椿油は髪のお手入れに使われているけど、お肌に塗っても良いし、食用にも良いんですよ」

瑠美がガラス瓶を差し出すと、康平は鼻を近づけて匂《にお》いを嗅《か》いだ。

「匂い、しないな」

「気にする人もいるんだけど」

二三と一子もそれぞれガラス瓶から匂いを嗅いだが、あるかなきかの香りを感じる程度だった。

「オリーブオイルみたい。食用にも、お肌の手入れにも使えて」

二三が言うと、瑠美は我が意を得たりと大きく頷いた。

「椿油もオリーブオイルもオレイン酸を多く含んでいるので、酸化しにくいんです。これ、実は揚げ物に最適の条件なんですよ」

「あら、そうなんですか？」

「椿油で揚げた天ぷら、食べたことがあるの。美味しかったわあ」

瑠美はうっとりした顔で言ってから、残念そうに付け加えた。

「うちでもやってみたかったけど、何しろお高くて」

「そうですよねえ」

康平はもう一度椿油の小瓶をつまみ、目の前で小さく振って見せた。

「実は日本酒も同じ。飲んで良し、塗って良しなんだよな」

要がすぐに応じた。

「化粧水でしょ？　最近は日本酒入りの、売ってるわ」

「そんな手間かけなくても、燗冷《かんざ》ましにレモンか、塩抜きした梅干しを漬けとけば手荒れ予防液が出来るし、風呂に入れると入浴剤になる。あったまってお肌がツルツル」

万里と要はわざとらしく康平をじっと見た。

「そう言えば康平さん、肌きれいっすね」

「今更肌なんか褒められたって嬉しくねえよ」

小さな笑いの輪が広がり、椿油作りのワークショップは和気藹々《わきあいあい》のうちに終了した。


夕食前には待望の温泉を堪能した。

大浴場は総檜造《ひのきづく》りの内風呂と石造りの露天風呂があり、ガラス戸で仕切られている。どちらも源泉掛け流しで豊富な湯量を誇っていた。水質はカルシウム・ナトリウム塩化物・硫酸塩泉で、美肌の湯だという。

内風呂からも風景は眺められるが、ここまで来て露天風呂に入らない手はない。

「それにしてもお姑さん、時代は変ったわね」

露天風呂の浴槽に身を沈め、二三は周囲を見回した。広い大浴場は内風呂も露天風呂も男性の姿はなく、女性専用だった。宿泊客の八割が女性なので、そうなるのだろう。万里と康平も部屋付きの露天風呂に入っているはずだ。

「私が子供の頃の旅館は男性用が広くて、女性用は小さかった。私は子供だからどっちも入れたけど、母は一人で小さいお風呂に入ってたわ。それが今や、女湯の方が広いんだから……」

「きっと女同士や一人で旅行する女の人が増えたからだろうね。昔は女の一人旅は旅館が泊めてくれなかったのに」

「えっ？　どうして」

要が「信じらんない！」と言いたげに眉を吊上《つりあ》げた。

「宿で自殺すると思われたんだよ」

「まさか！」

「ホントよ。お母さんも若い頃、経験した。一人で地方に出張することになって、予約の電話したら何軒も断られちゃって。男の上司に電話してもらって、やっと泊まれたんだから」

今となっては笑い話だが、三十年以上前の日本には、そういう旅館も残っていたのだ。

「そういうお話伺うと、今の女性は先輩女性たちの頑張りで随分便利になったと、しみじみ思いますよ」

瑠美が神妙な口ぶりで言った。普段も年齢より若く見えるが、風呂場で見てもその印象は変らない。肌の色艶《いろつや》も良く、身体《からだ》の線も引き締まっている。

余計なことだが、二三はつい、康平がこの場にいたら……と考えた。おそらく、今までのようにフレンドリーで冷静な態度ではいられないのではあるまいか？

「ああ、何だか逆上《のぼ》せてきた」

要が赤い顔で言って立ち上がった。

二三も一子も瑠美も、気が付けば浸《つ》かりすぎて逆上せそうだった。

夕食は館内の食事処《どころ》に案内された。

窓の大きな広々とした部屋で、ライトアップされた庭が見渡せた。テーブル席は三十卓ほどあったが、ほとんどは女性の二人〜四人連れで、家族連れの客は二組だけだった。

「本日は特別会席をご用意させていただきました」

八寸・お作り・酢の物が彩りも美しく膳に盛り付けられている。これが前菜で、メインは鍋料理だ。

ちなみに、万里が尾頭付きがダメとは前もって言ってあるので、マグロの刺身の代りに牛ヒレローストが用意されていた。

「乾杯！」

一同は白ワインで乾杯した。アルコール類の注文は、すべて康平に任せることになっている。

メインの鍋には中仕切りがあって、スープが二種類入っている。ブイヨン仕立てのスープで牛肉を、ブイヤベース仕立てのスープで金目鯛を味わう趣向だ。万里には金目鯛の代りに車海老が供された。

「ああ、火照るなあ」

康平は熱冷ましのように磯自慢《いそじまん》の冷酒を一口飲んだ。鍋から上がる湯気で早くも額がテカり始めている。

「二色鍋は火鍋系スープが多いけど、ここはどちらのスープもまろやかね。実は私、激辛って苦手なの」

瑠美がブイヨンスープでしゃぶしゃぶした牛肉にタレを付け、口に運んだ。やはり湯気でおでこがテカっている。

「それにしても、あんたホントに可哀想《かわいそう》だね。この美味しい金目鯛が食べられないなんて」

要は鍋から一片の金目鯛をすくい上げ、見せびらかすように万里の目の前でヒラヒラ揺らしてから頰張《ほおば》った。

「ふふん。俺には生涯海老という、つえ〜味方があったのさ」

万里も負けずにブイヤベース仕立てのスープから海老をつまみ上げた。

次第に誰の頰もほんのり赤く染まってきた。火照りで酔いが進み、酔うとますます火照ってくる。

「万里、シメ、どっちにする？　雑炊かうどんか」

「半々でいいんじゃね？　みんなで適当につまめば」

「わーった。お願いしま〜す」

要が手を挙げて係員を呼んだ。

「ところで俺、人生最大の謎《なぞ》なんだけどさ、どーして吹けば飛ぶような弱小とは言え、お前が出版社に受かったわけ？」

万里は頭が傾くくらい大袈裟に首をひねった。

「俺、お前が夢中で読書してる姿って、どうやっても思い出せない。編集者って普通、本好きがなるもんでしょ？」

要はすっかりぬるくなったグラスの水を飲み干した。

「面接の時、先代がまだ現役でさ、野球チーム作ってたのよ。私が中学高校でソフトやってたから、活躍が期待できると思ったんじゃないの」

西方《さいほう》出版の創立者である先代は、三年前に大病をして現役を引退し、今は会長職におさまっている。

「野球出来そうだからって、夏目漱石も太宰治も読んだことない奴を採用するか？」

図星を指されて狼狽《ろうばい》したのか、要はグラスに残った磯自慢をあわてて飲んでむせ返った。

「それとね、佐甲《さこう》リサに詳しかったからよ」

要に代って二三が答えた。

「誰、それ？」

「昔のアイドル」

万里は思い出そうとしたようだが、まったく記憶にない様子だ。

「ちょうど山口百恵《やまぐちももえ》、桜田淳子《さくらだじゅんこ》、森昌子《もりまさこ》の中三トリオと同年代よ。すごく歌の上手《うま》い子でね。岩崎宏美《いわさきひろみ》より上手かったわ。一部でマニアックな人気があって、私もレコード全部持ってたのよ。CDになったら、また買っちゃって」

二三は磯自慢をひと口飲んで喉《のど》をしめし、解説を続けた。

「ただ、運がなかったというか、中三トリオみたいにブレイク出来なくて、二十歳過ぎて引退しちゃったのよ。病気で体調崩したって話も聞いたけど、詳しいことは分んない」

万里も康平も瑠美も、話が読めずに二三の顔を見直した。

「そのアイドルと要の合格と、何の関係があるの？」

「先代は佐甲リサの後援会長だったのよ」

やっと正気を取り戻した要が答えた。

「面接で『好きな芸能人は誰ですか？』って訊かれて、佐甲リサって答えたら、面接官の端っこにいたお爺ちゃんが目を見開いたわけ。それが先代だったのよね。あの時はそんなこと知らなかったけど、お母さんの持ってるCDで佐甲リサの歌は全部聴いてたから、思わず熱く語っちゃったのよ。そしたら先代は目を潤ませて、最後はハンカチで洟《はな》かんじゃってさ。自分で考えても、それ以外に採用された理由って、ないと思う」

「そうよ、要。持つべきものは母よねえ」

「うん。ありがとう、お母さん」

万里も康平も瑠美も、言葉を呑み込んで沈黙するしかなかった。内心では「んなわけ、ないだろ？」と思ったが。

すると一子が三人の顔を見て、落ち着いた口調で言った。

「ほら、餡子《あんこ》を作るのに小豆を煮るとき、隠し味にお塩を入れるでしょ。あれと同じよ」

三人は同時に、一子の言わんとするところを悟った。

「勉強の出来る文学少女ばっかりじゃ、会社はやっていけない。うちの要みたいな社員も必要だって、そう判断したんでしょう」

「なある。単純で体力があって押しが強くて大食らいの……」

要が万里の顔面にパンチを入れる真似をした。

食事処に楽しそうな笑い声が響いた。

翌朝、一同は再び食事処に集まった。全員が部屋付きの露天風呂で朝風呂を使ってきたので、わずかの間に美肌度はアップしたかも知れない。

旅館の朝食の定番は干物と卵焼きというイメージだが「湯の郷　花のれん」の朝食のメインはアジのなめろうだった。生アジの身をネギや味噌と共に叩いた漁師料理だ。一般的にはご飯のおかずと言うより酒の肴《さかな》のイメージが強い。

「ご飯に載せて出汁をかけ、お茶漬けでお楽しみ下さい」

係員が説明してくれた。

「なめろうでお茶漬けって、珍しいわね」

「サンガ焼きは食べたことあるけど、これは初めて」

生魚を使ったお茶漬けと言えば、以前は鯛の刺身をゴマだれで和《あ》えてお茶か出汁をかけるスタイルが主流だったが、最近はメニューの幅も広がり、チェーン店では毎月新メニューを提供している。

「うちのメニューに入れても良いかもね。出汁茶漬けの新バージョンでさ」

そういう万里は魚が食べられないので、オムレツを作ってもらった。

そして朝食を済ませた一同は「湯の郷　花のれん」を後にして、この旅行の最後の観光スポットに向った。

ＪＲ伊東線で四駅先の来宮駅で下車。言わずと知れたパワースポット、來宮神社を参拝するのだ。

駅から徒歩五分で來宮神社に到着した。古くから地主の神が鎮座する、来福縁起の神社である。それほど大きくはないが、近年マスコミで取り上げられる機会が多いせいか、参拝者で賑わっていた。

一礼して鳥居をくぐり、参道に足を踏み入れた。道の両側に木々が生い茂り、豊かな緑に囲まれている。

「いかにも良い気が流れてる感じがするわ」

要は鼻の穴を膨らませて思い切り空気を吸い込んだ。二三も万里も思わずそれに倣った。

参道の奥に本殿が見えてきた。大巳貴命《おおなもちのみこと》、五十猛命《いたけるのみこと》、日本武尊《やまとたけるのみこと》の三柱の神が祀《まつ》られているという。一同は賽銭《さいせん》を上げてお参りを済ませた。

しかし、本当の目的は本殿脇《わき》の道を奥へ進んだところにある、樹齢二千年を超える大楠《おおくす》の木にあった。幹の周囲は約二十四メートルもあり、注連縄《しめなわ》が渡されていた。国の天然記念物にも指定されているが、そんなことがなくても、目の前の巨大な姿を仰ぎ見るだけで、人は何か霊的な力を感じるだろう。

「一周すると寿命が一年延びるんですって。願い事を唱えながら一周すると、その願いも成就するそうです。でも、願い事は一周で一つだけしか届きません。いくつもある人は何周もして下さい」

要はそう言って両手を合せ、ゆっくりと大楠の周囲に沿って歩き始めた。二三たちも一列になって要の後に続いた。

二三の願いは二つだけだ。家族の健康とはじめ食堂の存続。その二つが叶《かな》えば、他はどうにでも出来るように思えるのだった。

それぞれがそれぞれの思いを込めて、大楠の木の周りを何周か回り終えた。

「では、ちょっとお茶にしましょう」

要は二三たちを参集殿の隣の和風喫茶店に案内した。「茶寮　報鼓《ほうこ》」という名で、来福スウィーツを何種類も売っていた。テラス席からは境内が見渡せる。

「麦焦がしのメニューを選ぶのがお勧めです。この神社の神様の好物なんですって」

麦焦がしと白玉の入ったお汁粉は、温と冷があった。汗ばむような陽気だったので、みんな冷たい方を選んだ。

お汁粉は甘さ控えめで、麦焦がしは素朴な美味しさだった。

ゆったりと境内を眺めていると、大楠の木に宿る木霊の力がこの地を漂っているように感じられた。

不意に、瑠美が改まった口調で言った。

「今回の旅行、とても楽しかったわ。要さん、ありがとうね」

「とんでもない。先生みたいに日本全国行かれた方に熱海・伊東なんて、お恥ずかしいです」

「そんなこと、全然ないわよ。地方へ行くのはいつも仕事がらみで、旅行じゃなくて出張だもの。純粋に旅をしたのは何年ぶりかしら」

そして参集殿脇の社務所を指さした。

「せっかく神社に来たんだから、帰りにみんなでおみくじ引きましょうよ」

「良いっすね。パワースポットだから御利益ありそう」

「万里、お守りと間違えてない？」

「似たようなもんだろ。どっちも神様の思し召《おぼめ》しだから」

「……言えてる」

それを合図のように一同は腰を上げ、「茶寮　報鼓」を出て社務所へ移動した。

「私、御朱印もいただいてくる。ついでにお守りも」

要はパワースポットの御利益をすべて土産《みやげ》にするつもりらしい。

「俺も御朱印もらおっと」

万里は要と一緒に受付の前に並んだ。

二三は引いたおみくじを開いた。「小吉」だった。

「お姑さんは？」

「小吉」

「一番良いかもね」

「ホントだね。まだ上がある」

二三にも一子にもはじめ食堂にも、一番相応《ふさわ》しいのはきっと「小吉」なのだ。小さな幸せを大切に育てて、守ってゆく。今までも、これからも……。

「あら、すごい。中吉よ」

瑠美がはしゃいだ声を上げた。

「あ、俺も中吉だ」

康平が開いたおみくじを二三と一子にも見せた。

「ま！　良縁ありですって」

二三はおみくじに目を近づけて叫んだ。

「先生も康平さんも、おめでとう！」

「イヤだなあ、おばちゃん。どっちも同じこと書いてあるだけだよ」

「それにしたって、おめでたいじゃない。ねえ、先生？」

「そうね。私も将来に希望が持てるわ」

瑠美は冗談めかして答えたが、その目には真摯《しんし》な光が現れていると、二三は思った。

「みんな小吉と中吉なんて、縁起が良いわ。康ちゃん、木の枝に結んでよ。一番高いところに」

「はいよ」

康平は三人の女性からおみくじを受け取り、少し背伸びしながら枝に結びつけた。その枝は二三と一子、康平と瑠美のおみくじ専用となった。

この神社のパワーで、良縁が結ばれますように。

二三は両手を合せて目をつむり、この地の神様にお祈りした。目を開けると、枝の下では康平と瑠美がまだ祈り続けていた。

二三は一子と目を合せ、そっと微笑みを交した。

第五話

あなたとオムライス

「またまた、しゃれたもんが出てきたな」

山手《やまて》政夫《まさお》は不思議なものでも見るように、じっと目を凝らした。お通しの枝豆に続いて出されたのは、ガラス製のカップに入ったスープだった。きれいな白い液体の表面には緑の葉が一片と、黄金色の水玉が二、三滴浮いている。葉はパクチーで、水玉はエクストラバージンオイルだ。

「キュウリのガスパチョでございい」

万里《ばんり》は自信たっぷりに答えた。

「簡単に言えば冷製すり流しだよ。キュウリは身体《からだ》の熱を取るから、夏にピッタリ」

「……今年の夏は、取るほどの熱もねえよ」

山手は口の中で呟《つぶや》いてからカップの中身を啜《すす》った。すると、自然と頬《ほお》が緩む。

「意外と乙な味だな」

「本当だ。少しニンニクの風味がする」

続いてガスパチョを口にした後藤輝明《ごとうてるあき》も、感心したように頷《うなず》いた。

「洋風のスープなのに、妙に馴染《なじ》むな」

「牛乳じゃなくて豆乳使ってるせいじゃないかな」

キュウリ、玉ネギとニンニク少々に豆乳を加えてミキサーにかけて冷やせば完成だが、準備に一手間かけてキュウリをさっと茹《ゆ》で、冷水にさらして青臭さを取ったのがミソだ。それだけで味が一段ジャンプアップする。

「ったくクソ面白くもねえ。本当なら今月は二度目の東京オリンピックで、日本中大盛り上がりだったのによ」

山手は大袈裟《おおげさ》な溜息《ためいき》と共に、日本国民の気持ちを代弁したようなセリフを吐いた。

「まあ、あと一年待てば来るんだから、良いじゃないか」

後藤は鷹揚《おうよう》に言って、生ビールのジョッキに手を伸ばした。

二三《ふみ》はカウンターに昆布出汁《こぶだし》冷《ひ》や奴《やっこ》の皿を置いた。

「これは、中華風冷や奴とは別？」

「はい。和風出汁でさっぱり召し上がれますよ」

切り昆布と香味野菜のみじん切りをめんつゆで和《あ》えて豆腐に載せた冷や奴は、夏向けに考えた新作だ。茗荷《みょうが》と大葉の最強コンビが利いている。そして昆布の粘りけで豆腐にうまく味が絡む。

「うん、いける。さっぱりしてて、夏向きだね」

早速箸《はし》を伸ばした後藤が言った。

「万里、今日の卵料理は何だ？」

「リクエスト次第。ウニ載せ煮玉子もあるし、オムレツも出来るし」

「そうさなあ……」

山手は腕組みしてわずかに眉《まゆ》を寄せた。知らない人が見たら、人生の岐路に立たされているかと思うかも知れない。

「今日はカワハギの煮付けを食う予定だから、醤油《しょうゆ》味が重なるのはまずいな。よし、オムレツくれ。久しぶりにコンビーフで」

「へい、毎度」

山手は三代続く魚政《うおまさ》の大旦那《おおだんな》だが、一番好きな食べ物は卵だった。そして今日の煮魚定食のカワハギは魚政から仕入れたので、山手としては味見しないわけには行かない。

「そう言えば、今日は康平《こうへい》さん、どうしたんですか？」

後藤がカウンターを眺めて首を傾《かし》げた。いつも先に来ている辰浪《たつなみ》康平の姿が、今日は定位置にない。

「まあ、康ちゃんだって予定があるでしょうから」

一子《いちこ》が答えると、山手は真顔になった。

「あいつんとこも、コロナ騒ぎの影響あるんだろうな。配達先の店、みんな散々だから」

その場の空気が急に重くなった。

四月初めに発表された都の休業要請により、バーはほとんど営業を停止し、居酒屋その他の飲食店も八時閉店を余儀なくされた。哀《かな》しいことに、はじめ食堂も直撃を受けた。そしてその余波は飲食店のみならず、食材・酒類・生花などの出入り業者にも及んでいる。辰浪酒店も例外ではない。

と、突然店の電話が鳴った。

「はい、はじめ食堂でございま……あら、康平さん」

素早く受話器を取って二三の声が急に明るくなった。

「へええ、そうなの。そりゃ良かったわねえ。……イヤだ、良いわよ。当たり前じゃない。……じゃ、先生によろしくね」

受話器を置くと、二十四ならぬ八つの瞳《ひとみ》が、もの問いたげに二三を見つめた。

「康平さん、今、菊川《きくかわ》先生の教室なんですって。レシピ作りに協力してたって」

「ああ、日本酒に合うお菓子のメニューね」

「うん。また新しいレシピが完成したんで、試作品食べてお腹《なか》いっぱいになっちゃったから、今日は真《ま》っ直《す》ぐ家に帰るって」

「康ちゃんも義理堅いねえ。わざわざ断らなくても良いのに」

「でも、先生も随分引っ張るよね。日本酒に合うスイーツも日本酒使ったスイーツも、とっくに雑誌に載ったはずだけど」

フライパンで玉ネギとコンビーフを炒《いた》めている万里に、二三は「シーッ」と言いそうになった。人気料理研究家の菊川瑠美《るみ》は、どうやら康平を男性として意識し始めた様子だった。「レシピ作り」のために二人が一緒に過ごす時間が増えるならまことに慶賀すべきことで、二三はエールを送りたい気分だ。

「それにしてもよ、試作品と言っても菓子だろ？　菓子で夕飯っつうのは、どうなんだ？」

「政さんたら、先生は料理の先生なのよ。何か作ってくれるわよ」

「そうそう。おにぎりとかお茶漬けとかパスタとかピラフとか」

例を挙げながら、二三は瑠美の作るご飯は何だろうと想像した。康平のために腕を振るうのだから、やっぱり一手間かけてパスタかピラフだろうか？

山手も料理を思い浮かべたらしく、鼻の穴を膨らませてた。

「……俺《おれ》は、久しぶりに鯛《たい》出汁茶漬けが喰《く》いたいな」

二三は片手で拝む真似《まね》をした。

「ごめん。今日はお刺身の仕入れなし」

店の空気は康平の電話を切っ掛けに、再び明るさを取り戻した。

万里がフライパンに溶き卵を注ぎ入れると、クジュッとバターの弾《はじ》ける鈍い音が立つ。

オムレツへの前奏曲だ。

「へい、お待ち」

万里が山手の前にオムレツの皿を置いた。たっぷりとバターを吸って黄色く輝く卵の中身は、赤紫色のコンビーフと透明感を増した白い玉ネギだ。卵はその食感を邪魔しない、口当たりの柔らかな食材と相性が良いので、具材にするならベーコンやハムよりコンビーフ、というのがはじめ食堂の「統一見解」だ。

山手がオムレツの真ん中をスプーンで割ると、半熟に炒めた卵がトロリと溢《あふ》れ出した。

「ああ、美味《うま》い」

うっとりと目を細める山手の隣で、後藤は生ビールのジョッキを片手に万里を見上げた。

「シメにオムライス作ってくれないか？」

「はい、毎度……つーか、後藤さんがオムライスって、珍しいっすね」

「いや、オムレツ見てたらつい想《おも》い出しちまって」

後藤にしては珍しく、いくらか面映《おもは》ゆそうな表情を浮かべていた。

「きっと良い想い出なんでしょ」

「分りますか？」

一子が柔らかな笑顔で頷いた。

「オムライスを食べながら喧嘩《けんか》する人って、いませんからね」

「なるほど」

後藤は感心した顔になった。

「後藤さん、料理はこれでラストにしましょうか？」

二三はカウンターに冬瓜《とうがん》のそぼろ餡《あん》かけと焼きナスの二品を出して訊《き》いた。

「そうして下さい。ああ、夏はやっぱり焼きナスだなあ」

後藤は待ちかねたように温かい焼きナスにかぶりついた。好き嫌いはないが、待たされるのが大嫌いだ。今やすっかり好みを呑《の》み込んだはじめ食堂では、一人暮らしの後藤の健康を考えて、栄養バランスの良い料理を出すように心掛けている。

生ビールのジョッキを空にした山手と後藤は、次の酒を決めるべく、メニューを開いて額を寄せ合った。

「どうも、調子狂うな」

「いつもなら康平さんが決めてくれるのに」

二人の視線は日本酒の銘柄の上を行ったり来たりするばかりで、なかなか注文が決まらない。

「開運《かいうん》が良いんじゃない？　康平さんが而今《じこん》や飛露喜《ひろき》や磯自慢《いそじまん》と同じ系統のお酒だって言ってたし」

見かねて二三が助け船を出すと、山手も後藤も二つ返事だった。

「開運たあ、縁起の良い名前だ」

「冷たいの、二合ください」

二人は開運のグラスを傾けながら、楽しそうに料理を口に運んだ。

「いっちゃん、シメはカワハギの煮付けの定食セットで頼むわ」

「はい、毎度」

一子は味噌汁《みそしる》を小鍋《こなべ》に入れてガスにかけた。

「これ、良い品よね。今日のお昼も、大人気だったわ」

「カワハギって高級魚でしょ。正直、ランチにするのはもったいない気もしたけど」

「まあ、今は魚はみんな高くなっちまったが……」

山手は一子と二三を等分に見て言った。

「鯛や平目はいざ知らず、昔は魚は庶民の味だったんだがな。今じゃ赤貝もシャコもみ～んな高級になっちまってよ」

「イカだってそうよ」

考えると溜息が出そうになった。
四、五年前には四季を問わず鮮魚売り場に並んでいたイカが急速に姿を消し、たまに現れたかと思えば一杯四百円もする。かつての四倍だ。その他にも、かつては手軽に買えるお総菜だった魚介が、どんどん漁獲量が落ちて高級品になってゆく。このままでは庶民の食卓に載るのは養殖の鮭《さけ》だけになってしまうのではないかと、二三は時々空恐ろしくなるのだ。

しかし、万里がフライパンで玉ネギとひき肉を炒め始めると、出そうになった溜息は引っ込んだ。甘い香りにケチャップが混ざると、今度は甘酸っぱい記憶で食欲が刺激される。

「万里君、今日は昔風のオムライスにしてくれないかな？　薄焼き卵で包むやつ」

「お安い御用っすよ」

万里は気軽に答えてボウルに卵を割り入れた。勢いよくかき混ぜたらフライパンにバターを落とし、卵液を注いで大きく広げる。半ば火が通ったところでケチャップライスを載せ、包み込む。

万里の手つきは鮮やかなものだった。均等の厚さに焼いた薄焼き卵を、フライパンの柄を握る左手首のスナップを利かせながら、きれいな紡錘《ぼうすい》の形に仕上げて皿に載せた。

「へい、お待ち」

真ん中にケチャップをかけたオムライスは、このまま洋食屋のショーウインドウに飾りたいほどだ。

「いただきます」

後藤は嬉《うれ》しそうにスプーンを取り上げた。

「腕、上げたわねえ」

二三は目を見張る思いだった。実は二三は〝正統派オムライス〟が作れない。はじめ食堂では半熟のオムレツを載せたオムライスを出しているので問題ないが、〝正統派〟をリクエストされたら、薄焼き卵をライスの上にかぶせてごまかすほかないだろう。

「洋食の基本っしょ」

万里はどや顔で答えてから、「動画観《み》ながら自主練した」と付け加えた。

「卵もったいないから、フライパンの上にタオル置いて。洋食のコックさんは、みんなそうやって練習するんだって」

「練習した甲斐《かい》あったじゃない。匠《たくみ》の技だったわよ」

「イヤ〜、それほどでも」

後藤は一子が出したすまし汁を啜《すす》りながら、オムライスを食べ続けた。その幸せそうな表情からは、かつて誰《だれ》かとオムライスを食べた時の情景が心に浮かんでいることが窺《うかが》えた。

年齢を重ねると、食べ物は想い出と分かちがたく結びついてゆく。それを食べた時の出来事や人の顔が次々と甦《よみがえ》ってくる……。

池波正太郎《いけなみしょうたろう》のエッセイでそのような文章を読んだ時、二三はまだ若く、あまりピンとこなかった。だが、最初にはじめ食堂を訪れた時、一子手製の白和《しらあ》えが亡き母の作ってくれた白和えの味とよく似ていて、懐かしさのあまり涙が出そうになった。それを切っ掛けにはじめ食堂の常連となり、一子の息子の高《たかし》と結婚したのだった。

五十を過ぎてからは、池波の気持ちがよく分るようになった。食べ物は想い出と繋《つな》がっている。還暦を迎えてから、その思いはより強くなった。七十代半ばの山手や後藤は尚更《なおさら》だろう。

「ああ、美味かった。ご馳走《ちそう》さま」

後藤は満足そうに微笑《ほほえ》んでスプーンを置いた。

「オムライスの想い出って、どんなことですか?」

一子は後藤と山手に食後のお茶を出しながら訊いた。

「つまらんことですよ」

「でも、とても楽しそうなお顔でしたよ」

後藤は照れたように頭を掻《か》いた。

「女房と見合いした時、食べたんですよ。資生堂パーラーで」

「ほう、そいつぁ豪儀だ」

山手が合いの手を入れた。

「先輩がお節介で変な知恵付けるからさ。こっちは危うく大恥かくとこだった」

後藤は苦笑いを浮かべたが、久しぶりに食べたオムライスに気持ちをほぐされたのか、いつになく饒舌《じょうぜつ》になった。

「私は職場の上司の世話で、有楽町の喫茶店で見合いすることになったんです。先輩にそう言ったら、『ここが男の見せどころだぞ。食事するなら資生堂パーラーに連れて行け』って言うんで、そんなもんかと思って……」

後藤は警察学校を卒業して職業警官になった。見合いしたのは所轄の交番勤務をしていた二十代の頃《ころ》だった。元々真面目《まじめ》な性格の上、仕事一筋で盛り場をうろつくこともなく、お店情報には疎かった。

「喫茶店で会って仲人さんが紹介みたいなことをしてくれた後、『あとはお若いお二人で』って言われて、取《と》り敢《あ》えず日比谷で映画を観て、それから食事ということになって、資生堂パーラーへ行ったんです」

後藤は〝パーラー〟という店名なので喫茶店に毛が生えたくらいだろうと思っていた。

「そうしたら立派な洋食屋で、ビックリでした」

レストランに入ると、周囲のテーブルでは客が金の縁取りのある皿に銀のナイフとフォークで食事をしていた。

「とんだ場違いな店に入ってしまったと思って、冷や汗が出そうでした。給仕がメニューを持ってきてくれたんですが、もうすっかり上がっていて、字が目に入ってこない感じで……」

すると、見合い相手の女性が恥ずかしそうに言った。

「あのう、オムライスをいただいてよろしいですか？」

その一言で後藤はハッと我に返り、冷静さを取り戻した。いくら伝統のある豪華な店でも、オムライスなら財布が空っぽになるほど高くはないはずだ……。

「あ、じゃあ、僕もオムライスでお願いします」

後藤はホッとして思わず微笑んだ。すると、向かいの席の女性もニッコリ微笑み返した。

「何故《なぜ》だか、その笑顔が妙にかわいく見えましてね。喫茶店で紹介されたときは、特別何とも思わなかったのに」

金の縁取りある皿に載って出てきたオムライスは、ほっぺたが落ちるほど美味《おい》しかった。正直に言えば、味も良く覚えていないのだが、それ以来オムライスを食べると、あの時の温かく弾むような心持ちが甦るのだった。

「その女性が亡くなった奥様なんですね」

「翌日、上司に意向を訊かれて、二つ返事で『お願いします』と頼んでしまいました。それからはトントン拍子で……」

後藤は懐かしそうな眼差《まなざ》しで宙を眺めた。

「私と女房は趣味も違うし、性格も違ってた。正直、長い結婚生活の間には、気が滅入《めい》ったり、うんざりするようなこともありました。でも、その後でオムライスを食べると、何となく全部水に流れてるんですよ。不思議なもんですね。〝仲裁は時の氏神〟って言いますが、うちの場合〝オムライスは時の氏神〟だったんですかねえ」

二三は資生堂パーラーでデートする若き日の後藤と奥さんの姿を想像してみた。差し向かいでオムライスを食べる二人は、きっと夢と希望に満ちあふれていたことだろう。

誰にも青春があったんだ……。

目の前を、過ぎ去った日々が通り過ぎたような気がして、二三はつい目を瞬《しばた》いた。

「〝オムライスは時の氏神〟……後藤さん、良いこと言うねえ」

その夜、閉店後に帰宅した要《かなめ》は缶ビールのプルタブを開け、焼きナスを頬張った。

緊急事態宣言期間中、多くの出版社はテレワーク推奨に移行したが、要の勤める〝弱小出版〟西方《さいほう》出版はそうもいかず、要は担当する作家のために取材や資料調べに飛び回っていた。つまり、それまでとほとんど変らない生活だった。

「私も、地球最後の日には誰か好きな人とオムライス食べたいなあ」

「お前が言うとまるで信憑性《しんぴょうせい》ないな。地球最後の日なら、ミシュラン三つ星店で食い倒すクチだろ」

「バレたか」

万里は出来立てのオムライスの皿を要の前に置いた。昔ながらの卵包みの方だ。

「私はうちでやってるオムレツ載っけの方が好きだけど、後藤さんにはこれが原点なんだよね」

要はオムライスの真ん中にスプーンを入れ、二つに分けた。

「お母さんは地球最後の日は何食べたい？」

いきなりそう言われてもピンとこなかったが、二三は精一杯想像力を働かせた。

「あんまりゴージャスな料理だと、そっちにばっかり気を取られてコミュニケーションがおろそかになると思うのよね。地球最後の日の一番の想い出が食べ物だけってのも寂しいから、あんたとお姑《かあ》さんと亡くなったお父さんと四人で、鍋でも囲みたいわ。やっぱりすき焼きかな」

二三は問いかけるように一子を見た。

「あたしは……」

一子は楽しそうに首を傾げた。

「やっぱり、亡くなったお舅《しゅうと》さんと想い出の店に行きたいんじゃない？」

「……そうねえ。でも、昔に帰れるなら、東京オリンピックの翌年にはじめ食堂を開いた頃がいいね。毎日、張り切ってたし」

「二人とも年だねえ。何を食べたいかじゃなくて、誰とどう過ごしたいかって話になっちゃうんだもん」

要は大袈裟に首を振って万里を見た。

「ま、ラブラブならラーメン屋の前で行列したって楽しいけど」

「おや、そんな経験があるんですか？」

「あります。ラブラブも、行列も」

「前の方は信憑性ないね」

要はバカにしたように鼻の頭にシワを寄せ、同じリアクションをした万里とにらめっこになった。

二人の遣《や》り取《と》りを前に、二三は一子の言外の気持ちを痛いほど感じていた。

誰にも青春があった。誰もそれを取り戻すことは出来ない。

二つの文をつなぐ接続詞は「そして」もあれば「しかし」もある。二三は「そして」を選ぶ。一子もまた「そして」を選ぶだろうと、素直に信じられた。

「青椒肉絲《チンジャオロース》！」

「私、豆腐ハンバーグ」

「煮魚で」

蒸し暑い月曜日、ランチに訪れたワカイのOL四人組はテーブルにつくと、威勢良く注文を告げた。

「はい、ありがとうございます」

二三はカウンターを振り向いて注文を通した。

本日のランチ、日替わり定食は青椒肉絲と豆腐ハンバーグ、焼き魚は文化鯖《さば》、煮魚はカンパチのアラ煮、ワンコインはネバトロぶっかけうどん。小鉢はナスと茗荷のナムル、煮玉子の二品。味噌汁は玉ネギと油揚げ、漬物はナスとキュウリの糠漬《ぬかづ》け。これにドレッシング三種類かけ放題のサラダがついて、ご飯と味噌汁はお代わり自由。一人前七百円は結構良心的だと、はじめ食堂のメンバー三人は自負している。

ちなみにワンコインは二百円プラスすれば小鉢二品とサラダ・漬物・味噌汁が追加される。定番メニューはトンカツ定食七百円と海老《えび》フライ定食千円。海老フライはLサイズ三本付けで、絶品手作りタルタルソースがサービスだ。

「お待ちどおさま」

ワカイのOLたちのテーブルに注文の定食を運ぶと、四人は「いただきます！」と一斉に箸を取った。

ネバトロぶっかけうどんを注文した中年のサラリーマンは勢いよく全体をかき混ぜて、ズズッと啜り込んだ。麺《めん》を啜る音は、日本人にとっては食事を景気付けるBGMのようなものだ。

「おばちゃん、これ、美味しいね。冷たくて喉《のど》ごしが良くて、元気出る感じ」

「ネバネバ系はスタミナつくのよ。癌《がん》にかかりにくくなるっていう説もあるしね」

ぶっかけうどんの汁はめんつゆで、薬味に辛子《からし》を添えてある。納豆と相性が良いのだ。

以前銀座にあった利久庵《りきゅうあん》の納豆そばも、薬味は辛子だった。

「ごちそうさん」

常連のサラリーマン二人組が勘定を払いながら、壁の「明日はカレーです♥」の貼紙《はりがみ》に目を向けた。

「明日は何カレー？」

「夏野菜のスープカレー。暑いからさっぱりと」

「来週、カツカレーやってよ」

「はい、考えときます」

二三は釣り銭を渡し、つい苦笑を漏らした。男性客のリクエストは圧倒的にカツカレーが多い。女性客の好みはシーフードカレー、スープカレー、タイカレー、バターチキンカレー等々、バラエティに富んでいるのに、どうして男はみんなカツカレーなのだろう。

「やっぱ、ボリューム感じゃない。カレーの上にカツが載ってると、得した気分になるもん」

ネバトロぶっかけうどんをかき混ぜながら、ジョリーンが言った。

「あたしも自衛隊時代は断然カツカレー派だったわ。一度に三皿は食べたわよ」

「すごいわねえ」

「彼女は元特殊部隊だもん。ものが違うわよ」

カンパチのアラ煮を身取っていたモニカが答えた。

時間は午後二時を回っていた。月曜の昼下がり、はじめ食堂の賄いタイムにはニューハーフ三人娘が参入する。

「私、お宅の白インゲン豆のカレー、好きよ。豆の出汁と存在感が強いから、ご飯に掛けるよりワインのお供で食べたいわ」

メイはナスと茗荷のナムルを口に入れ、感心したように頷いた。

「これ、美味しいわね。ナムルと言えばモヤシとホウレン草ってイメージだったけど」

レシピは普通のナムルと変らないが、すり下ろし生姜《しょうが》を混ぜて味にアクセントを付けているので、ご飯が進む。

「茗荷と生姜って鉄板の組み合わせだよ。大葉も入れて黄金のトライアングル」

万里は青椒肉絲をご飯に載せて頬張った。

「お醤油とゴマ油、オリーブオイルとニンニク、ジャガイモとバター、トリュフと卵……ウニ載せ煮玉子も絶品よね」

二三は鉄板の組み合わせを数えつつ、キュウリの糠漬けを嚙《かじ》った。

「うん、やっぱりご飯とお新香《しんこ》！」

「それは反則！」

万里の突っ込みで、みんなの顔に笑みが浮かんだ。

「そう言えば、最近お店の方はどう？」

一子がメイたちの顔を見た。

「お陰様で、まずまず。観光バスも来るようになったし、常連さんも戻ってきたし」

「みんな自粛自粛で、嫌気が差してたんでしょうね」

「一時はどうなることかと思ったけど、何とか元に戻りそう」

三人はしみじみと感想を口にした。

「これもみんな、メイのお陰よ」

不意にジョリーンが涙ぐんだ。

「イヤだ、もう、急に」

メイはおどけてぶつ真似をしたが、その目は潤んでいた。

ニューハーフ三人が働く六本木《ろっぽんぎ》のショーパブ「風鈴《ふうりん》」は「特定遊興飲食店」に分類され、休業要請を受けて営業停止の憂き目に遭った。無収入になったダンサーたちは、メイの発案で無観客のショーを行い、その動画をインターネット配信した。幸いにも評判が良く、再生回数が上昇して、店が再開するまで何とか「糊口を凌《しの》ぐ」ことが出来たのだという。

「私たちも困ったけど、外国から来てる子たちはそれこそ死活問題だったから」

モニカも洟《はな》をすすった。「風鈴」にはフィリピンから出稼ぎに来たダンサーが十人近く在籍している。事態が急変する中で、彼女たちは日本を出国することも母国へ帰国することも出来なくなり、文字通り進退窮まっていたのだ。

「でも、お金のことは別にして、お客さんの前でみんなで踊れるって、本当に楽しいわ。私、踊りが好きなんだって再確認した」

メイは仲間を励ますように、明るい声で言った。

「それじゃ、きちんと栄養を摂《と》らないとね」

二三は一子とアイコンタクトを交して立ち上がった。そしてカウンターに残ったテイクアウト用のパックをビニール袋に入れた。

「皆さん、今日のお土産《みやげ》はコーンの炊き込みご飯です」

テーブルに置くと、三人は神妙に頭を下げた。

「いつもありがとうございます」

「ゴチになります」

風鈴が休業になる前、三人は毎週月曜のランチに来ると、売れ残ったテイクアウトを買い取ってくれた。今ははじめ食堂がささやかな支援をする番だった。

「恩じゃなくて縁だから」

一子の言葉は、二三と万里の気持ちでもあった。

東京オリンピックの翌年に開店し、今年で開店五十五周年を迎えたはじめ食堂。これまで様々な出来事があり、様々な人が集い、また去って行った。そんな紆余曲折《うよきょくせつ》を経て尚、はじめ食堂が佃《つくだ》の地で続いているのは、ひとえにご縁の賜物《たまもの》なのだ。だからご縁を大切に……一子と二三はもちろん、若い万里もそう感じていた。


「生ビール」

その日の夕方、開店一番にやって来たのは辰浪康平だ。

「あら、久しぶり」

「おばちゃん、久しぶりはないでしょ。金・土と来なかっただけで」

「あら、ごめん。つい……」

康平は地方に出掛けていない限り、ウイークデイはほとんど毎日来てくれるので、三日も顔を見せないと「久しぶり」と感じてしまう。

二三はジョッキに生ビールを注ぎ、万里はお通しの器を出した。ガラスの小鉢の中は緑色のディップで、細かな赤が混じっている。受け皿にはタコスが添えてあった。

「もしかして、ワカモレ?」

「さすが。よくご存じ」

「ふふん。今やメキシカンは日本料理の親戚《しんせき》さ」

一子はカウンターの中の万里から康平へと視線を移し、感心したように首を振った。

「やっぱり若い人は違うねえ。あたしはタコスって、タコの酢の物だと思ってたよ」

「私もコブサラダって、昆布が入ってるんだと思ってたわ」

「いや、実は俺もそう」

康平はニヤリと笑ってタコスにワカモレを載せ、口に入れるとぐいと親指を立てた。

「いける！　ビールに合う、合う」

ワカモレはメキシコ料理で、アボカド・玉ネギ・トマトを混ぜ合わせてライムと塩で味を調え、タコスやバゲットに付けて食べる。お好みで青唐辛子やワサビ、クリームチーズ、サワークリームを混ぜるレシピもあって、バリエーションは無限大だ。

一子も二三も万里の作ってくれたワカモレを味見して、店で出すことに即決した。メキシカンは、はじめ食堂では初めてだ。

そしてコブサラダとは創作者のロバート・H・コブにちなんで名付けられた具沢山のサラダで、日本でもすっかりお馴染みになった。

康平はワカモレを肴《さかな》に生ビールを飲みながら、メニューを開いてお勧め料理に目を通した。

「ええと……谷中《やなか》生姜、ナスと茗荷のナムル。あとはゴーヤチャンプルーと長芋炒め、どっちにするかなあ」

康平はじっとメニューを見つめた。メイン料理が決まらぬうちに、ジョッキは空になってしまった。

万里がカウンターから首を伸ばした。

「ゴーヤにしとけば？　今日のシメ、ネバトロぶっかけうどんがお勧めだから、長芋が重なんない方が良いかも」

「うん、そうだな。そうする」

康平は思い切りよくメニューを閉じた。

「おばちゃん、会津娘《あいづむすめ》の生酒ちょうだい」

今日の会津娘は康平に進められて仕入れた、夏限定品だ。

「香味野菜に合うんだよ。谷中生姜とナムルにピッタリ」

そこへ入り口の戸が開き、山手と後藤が入ってきた。例によって日《ひ》の出湯《でゆ》帰りらしく、テカテカした顔で額にうっすら汗を浮かべていた。

「よう、康平」

「おじさん、久しぶり……」

康平は一瞬口ごもり、思わず二三の顔を見た。二三は声に出さずに「おやおや」と言って微笑んだ。

「生ビール二つ」

山手と後藤の前にはおしぼりと、お通しの枝豆が出された。この二人にはワカモレより枝豆と、あうんの呼吸である。谷中生姜とナムルも出てくる。

「おじさん、今日はトマトオムレツなんかどう？　中華風もお勧めだよ」

「じゃあ、中華にするかな」

「毎度あり。シメはさ、後藤さんと二人で、長芋炒め食べない？　長芋と豚肉とオクラ。ネバネバ系でご飯が進むよ」

「万里、シメはおれと後藤でオムライス一人前作ってくんないか？　この前みたいな資生堂風で」

「へい、合点。そんじゃ、卵は中華炒めじゃなくて、ウニ載せ煮玉子にしようか？」

「いや、それはそれ、これはこれだ」

「こいつ、卵は別腹なんだよ」

後藤が誰にともなく言った。

「今日はダンス教室で汗流したからな。腹も空《す》いてんだ」

「中条《なかじょう》先生、お元気だった？」

一子がカウンターの隅から顔を覗《のぞ》かせて尋ねた。

「元気、元気。骨も元に戻ったし、教室もこれまで通り」

「ホントに良かったわねえ。あたしは休業要請が出たとき、社交ダンス教室も対象だと思ってたのよ」

これは中条自身も不思議がっていたことだが、社交ダンス教室は休業要請の枠に入っていなかった。スポーツジムが休業要請されたことを思えば、より濃厚接触に近いはずだが。

「やってる人の人数が少ないから、役人のリストに入ってなかったんだよ」

冗談めかして言ったのは康平だが、もしかしたら案外それが真相に近いのかも知れない。

「何より、先生は何十年も毎日踊ってた人だから、教室が休みになったら、身体の具合が悪くなるんじゃないかと心配でねえ」

「それに、毎日生徒さんに囲まれてた人が一人になったら、精神的にも良くないわよね」

中条は生徒さんの健康を考慮して自主的に教室を休みにした。当初は自分の練習を続けるつもりだったというが、一人でステップを踏んでもまるで面白くなくて、続かない。

「それでまあ、近所に住んでいる生徒さんを一日一人に限定して、一時間だけレッスンすることにしたんです。そうでもしないことには、身体がなまってしまって」

中条は六月の終わり、孫のメイとはじめ食堂を訪れた際、苦笑交じりにそう話してくれた。

「そりゃそうだ。俺だって一人で踊ってろって言われたら、アホくさくてやってらんねえや」

「二人で踊るから社交ダンスなんだよ。一人で踊ってたらただの変人だ」

後藤はそう言って生ビールのジョッキを掲げ、山手と乾杯した。

「そう言えば康ちゃん、菊川先生のレシピ作りは進んでる？」

康平は会津娘のグラスを取り上げて頷いた。

「うん。秋に日本酒スイーツの本出すんだって」

「日本酒とスイーツって、初めて聞いたときは違和感あったけど、洋菓子にブランデーやワインが使われてるんだから、日本酒だってありよね」

二三は山手と後藤の前に茹でたインゲンの皿を出した。茹でて生姜醤油をかけただけだが、旬《しゅん》の美味しさを満喫できる。

「日本酒にしましょうか?」

「そうだな」

山手がチラリと見ると、康平は自分のデカンタを指さした。

「会津娘の生酒。野菜に合うよ」

「ふみちゃん、同じの二合」

二三が「は〜い」と返事したとき、入り口の戸が開いた。

「こんばんは」

菊川瑠美だった。

「いらっしゃいませ」

康平はごく自然に椅子《いす》の位置をずらし、瑠美もごく自然に康平の隣のカウンターに腰掛けた。

「パインサワー下さい」

瑠美は出されたお通しを見て、嬉しそうに目を上げた。

「もしかして、ワカモレ?」

「はい。今日がデビューです」

そして素早く、山手と後藤の前にも同じものを出した。

「はい、味見。メキシコ料理だからお口に合うかどうか」

山手と後藤はいくらか警戒気味にワカモレを口に運んだが、すぐに頬を緩めた。

「意外といける、メキシコ料理」

「これ、向こうの人はどんな酒を合せるのかな?」

「ずばり、コロナビール!」

威勢良く断言してから、万里はあわてて口を押さえた。が、次の瞬間、はじめ食堂は明るい笑い声に包まれた。

「これが紅白歌合戦でなくて良かったな」

山手が言うのは一九八四年の紅白歌合戦で、司会者が都《みやこ》はるみを「みそら……」と言ってしまった有名な事件だが、当時まだ生まれてもいなかった万里には何が何だか分らない。

「ええと、注文お願いします。谷中生姜と夏野菜の冷や煮。それと……」

瑠美はメニューを顔に近づけた。

「長芋炒め。スタミナつきそう」

万里がフライパンを振ると、トマトと卵が小気味よい音を立て、宙を舞った。

「へい、お待ち」

皿からゴマ油と醬油の香ばしい匂《にお》いが立ち上った。山手は鼻をヒクヒクさせて香りを吸い込み、うっとりと目を細めた。

「女房にするなら卵だな。どんな具材とも相性が良いし、和・洋・中、どんな料理でも美味い」

後藤は「今更何言ってんだよ」という顔で苦笑した。

「先生、みんな山芋やとろろってスタミナが付くって言うけど、ホントなんですか？」

フライパンを水洗いしながら、万里が尋ねた。

「普通に考えたら焼き肉やステーキの方がスタミナ付きそうだけど」

「ところが、そうとばかりも言えないんだな、これが」

グラス片手に口を挟んだのは康平だ。

「前に甲野善紀《こうのよしのり》って人の本読んだら……」

甲野善紀は武術を基礎とする身体技法の研究家で、古武術に関する著作が多くある。

「明治の初め頃日本に来た外国人が、車夫や飛脚のスタミナがすごいんで、どんなもの食べてるのか調べたら、玄米と芋類と豆類が主で、動物性タンパク質が不足している。で、こんなもの喰ってスタミナ出るわけないだろってんで、牛肉喰わせたんだって。そしたらみんなすぐにスタミナ切れ起こして、まともに働けなかったんだってさ」

　万里だけでなく、二三も一子も山手も後藤も、みんな驚いた顔をした。

「俺はスタミナと言えば卵とビフテキとスッポンだと思ってたが」

　山手が首をひねって呟いた。

「康平さんの話で思い当たることがあるわ」

　パインサワーを飲み干して、瑠美が口を開いた。

「年末にマタニティ向けのレシピ本を出す話があって、今、取材してるとこなの。この前伺った産婦人科クリニックの院長先生は、お祖母《ばあ》さんが助産師さん、お母さんが産婦人科医で、三代にわたって妊婦さんを診てきた方なんだけど……」

　母乳の出が良くなる食べ物はあるかという瑠美の質問に、院長は「お餅《もち》」と即答した。

「それと、糯米《もちごめ》で作ったお煎餅《せんべい》ですって。食べると一時間くらいで大量に出るって言うの。だから産院ではお餅は禁止なんですって。あんまり出すぎるから」

　母乳には炭水化物と水分が欠かせないので、基本は白米を食べることが奨励されている。白米は水を加えて炊くので、無理なく水分を補給できるからだ。

「冬野菜と根菜類も良いんですって。芋、ゴボウ、人参《にんじん》、大根……つまり、けんちん汁の具よね。私、産後の女性に必要な食材は牛乳とかヨーグルト、レバーなんかだと思ってたんで、ビックリ。完全に目からウロコだった」

二三と一子も思わず顔を見合せた。

「あたしは滋養のあるものをって言われて、お寿司《すし》のネタの魚を食べさせてもらったね。うちの人はホテルの厨房《ちゅうぼう》で牛肉を分けてもらってきたっけ。でも、お餅やご飯は言われなかったような」

一子の亡夫孝蔵《こうぞう》がはじめ食堂を開業する前、舅は同じ店で寿司屋を営んでいたのだった。

「私は粉ミルクだったから、全然……」

母乳保育が主流だった時代は一九六〇年以前と一九九〇年代以降で、その間は粉ミルク保育が主流となっていた。二三はたまたま母乳の出が悪くて粉ミルク保育になったのだが、時代は母乳推奨に移行しつつあった。

「ただ、結局は栄養バランスの良い食事を心掛けないとダメだって仰《おつしや》ってたわ。普段ハンバーガーとかポテチとか、ジャンクフードばかり食べていると、どうしても母乳の出は悪くなるって。当たり前の話だけど、それを聞いて何となくホッとしたわ」

瑠美は空になったパインサワーのグラスに目を移し、ごく自然に尋ねた。

「お酒、何が良いですか？」

「会津娘の生酒です。野菜料理に合いますよ」

康平が勧めると、瑠美は早速応じた。

「二合下さい！」

長芋炒めの準備をしながら、万里がもう一度瑠美に訊いた。

「先生、米食べない国の人はどうしてるんですか？」

「私もそう思った。まだ外国の事情は調べてないんだけど……」

瑠美は谷中生姜に味噌を付けて一口かじった。

「ただ、何となくその国の伝統食じゃないかと思うのよね。日本人がお米なら、北米とヨーロッパは小麦、南米の人はトウモロコシとか。西洋でも一般庶民が毎日お肉食べるようになったのは十九世紀になってからで、それまでは基本、穀類でカロリー取ってたのよ」

万里が真面目な顔で頷いた。

「それ、すごい納得。俺の友達に牛乳飲むと下痢するやつがいるんだけど、日本人には割と多いんだって。明治になるまで牛乳飲む習慣なかったから……ええと、乳ナンとか」

「乳糖不耐症ね」

すかさず瑠美が答える。

「それ、それ」

「そう言えば俺も、子供の頃から牛乳飲むと腹がゴロゴロする」

後藤が思い出したように腹をさすった。

「湯上がりのコーヒー牛乳やフルーツ牛乳は平気だったのに」

それは後藤が小学生時代の○○牛乳には生乳が使用されていなかったからだろう。懐かしい○○牛乳たちは、今では乳飲料と表示されている。

「会津娘、一合。それと万里、そろそろシメ頼むわ」

山手が空になったデカンタを振った。

「へーい」

万里がオムライスの準備を始めた。フライパンから甘い香りと小気味よい音が立ち上る。

「お二人の今日のシメはオムライスなんですよ。昔風の、卵でご飯を包んである」

一子が説明すると、瑠美はカウンターから身を乗り出し、万里の手元を覗き込んだ。

「オムライス……そう言えば、結構食べてないわ」

「康平さん、シメのうどんキャンセルして、オムライス、先生と半分こしない?」

二三が尋ねると、康平は気軽に「うん」と答えた。

「俺も、目の前で見てたら、オムライス食べたくなった」

「お付き合い下さって、ありがとうございます」

瑠美が会釈すると、康平は目の前で片手を振った。

「さっき、後藤さんと奥さんの話聞いて、何となくオムライスに引かれてたから」

瑠美が「?」と見返すと、康平は手短に後藤と奥さんのエピソードを紹介した。

「……それは、良いお話ですねえ」

「いやあ」

瑠美に褒《ほ》められて、後藤は照れ笑いを浮かべた。

「はい、お待ち」

出来上がったオムライスから、ゆらりと湯気が立っている。後藤も山手も幸せそうな顔でスプーンを手にした。

「食べ物って、それぞれイメージがあると思いません？　私がオムライスに感じるのは、ほのぼのした幸せのイメージかな」

瑠美は康平に問いかけた。会津娘の酔いが回ったのか、いくらか目がとろんとしている。

「そうかも知れない。俺はラーメンって言うと、部活を想い出す」

「何をやっていたの？」

「水泳」

康平はうんざりした顔で続けた。

「中学が男子は必ず運動部に入らないとダメみたいな学校で、しょうがないから水泳部にしたんですよ。温水プールないから、練習は夏だけですむと思って。そしたら他の季節は走りと筋トレで……もう毎日、腹へって。練習終ったら即、ラーメン屋」

万里が「分る、分る」と相槌《あいづち》を打った。

「俺の友達は可愛《かわい》い女の子がいると思ってテニス部入って、当てが外れて泣いてたし」

「お前は何部だったの？」

「サッカー。Jリーグ盛り上がってる頃で、サッカー部に入ればモテるって欺《だま》されてさ」

「情けねえなあ」

「中学生なんてそんなもんでしょ」

二三は玉ネギを粗みじんに切りながら口を添えた。

「今は料理男子で、モテるわよ」

「おばちゃんに言われても……」

万里はフライパンを水洗いして、二度目のオムライスの準備に入った。

甘い香りと小気味よい音を前奏曲に、オムライスが完成した。こちらも昔ながらの卵包みだ。

瑠美も康平もスプーンを口に運んで、嬉しそうに目尻《めじり》を下げた。

「要は『地球最後の日は好きな人とオムライスを食べたい』って言ってたすよ」

「それはダメよ」

瑠美はきっぱり言い切った。

「オムライスは好きな人と、嬉しいときに食べないと」

その日も蒸し暑く、夕方になってもなかなか暑さが引かなかった。

「あ〜、クソ暑。生ビールね」

康平はカウンターに座ると、出されたおしぼりで首を拭《ふ》いた。

「今日は冷や汁があるわよ。シメにどう？」

「もらう、もらう。俺、素麺《そうめん》で」

はじめ食堂のお客さんは、冷や汁に冷たいご飯ではなく、素麺を合せる人が多い。暑い時期、喉ごしの良さが好まれるのだろうか。

今日のお通しはトウモロコシの冷たいすり流し。出汁と豆乳の和風味だ。

康平はすり流しをゆっくりと飲んで、カップを置いた。

「美味い。身体の熱が引く感じがする」

今の季節はトウモロコシの他にも、枝豆・冬瓜・ズッキーニ・パプリカなど、季節の野菜ですり流しを作ってお通しで出している。味付けは和・洋・中と工夫して、お客さんにも好評だった。

「寒くなったらカブとか、ハスとか、カボチャとか、冬野菜で作る予定。身体があったまるし」

「白子のすり流しもやりたいんだけど、お通しにはちょっともったいなくてね」

「メインで出せば良いじゃん。俺、絶対注文するから」

康平は気軽に請け合ってメニューを取り上げた。

「え〜と、焼きナスとオクラとトマトのハニーマスタード和えね。それからキュウリのロールサラダ……っと、いけねえ、野菜ものばっかだな。もう一踏ん張りスタミナ付けて……」

万里がカウンター越しに首を伸ばした。

「鶏肉《とりにく》とキュウリのナンプラー炒めは？」

「なんじゃ、それ？」

「一応タイ料理。ナンプラー使ってるから。キュウリ炒める料理って、中華にもあるよ」

万里はグリルにナスを二本載せた。

「暑いときは暑い国の料理食べるって、正解だよ」

「そうだな。じゃ、ロールサラダキャンセルで、ナンプラー炒めだ」

「へい、毎度」

キュウリは一年中手に入るが、やはり旬は夏だ。日本では生食が主流だが、外国には加熱して食べる料理も沢山ある。

ゴマ油でニンニクと鷹《たか》の爪《つめ》を熱し、鶏肉を炒め、火が通ったらキュウリを加えてさっと炒め、ナンプラーと鶏ガラスープ、黒胡椒《くろこしょう》で味を調える。ご飯にも良く合うので、暑いときも食が進む。

ナスが焼き上がる前に、二三はオクラとトマトのハニーマスタード和えを出した。どちらも夏を代表する野菜である。粒マスタードとマヨネーズにハチミツを加えたソースで和えて食べる。これまた単純明快な料理だが、旬の食材は手をかけなくても充分美味しい。今日はすり流しに使ったトウモロコシの粒を入れているので、甘さのアクセントが強くなっている。

「おばちゃん、いづみ橋《ばし》二合」

いづみ橋は神奈川県海老名《えびな》市の酒造の酒で、清涼感のある軽快な味わいだ。首都圏の酒蔵だが、豊かな水と肥沃《ひよく》な土地に恵まれて、ほぼすべて地元産の酒米を使っている。

「よう」

戸が開いて山手が入ってきた。珍しく、御神酒徳利《おみきどっくり》の後藤がいない。

「いらっしゃい。お一人？」

「ああ。日の出湯にも来てなかった」

山手はカウンターに腰を下ろし、生ビールを注文した。忙《せわ》しなく持参の扇子でパタパタと扇《あお》いでいたが、冷たいビールとすり流しを流し込み、いくらか人心地が付いたようだ。

「焼きナスと谷中生姜くれ。万里、卵は……？」

「何でも出来るよ。オクラと卵の酸辣湯《サンラータン》スープとか」

「何じゃ、それは？」

「辛くて酸っぱいスープ」

「パス。卵の甘さが消えちまう」

「そんじゃ、正統派でオムレツは？　中身はチーズくらいで」

「おし、それくれ」

康平がいづみ橋のグラスを掲げて挨拶《あいさつ》した。

「おじさん、今日は冷や汁があるって」

「そうか。じゃあ、俺は素麺でもらおう」

山手が再びジョッキを取り上げたとき、戸が開いてお客さんが二組、続けて入ってきた。

この日は客足が早く、六時台に満席となって、店は活気に溢れた。盛況は閉店時間まで続き、はじめ食堂の時間はいつもより早く過ぎていった。


翌日、開店準備をしていると、救急車のサイレンが聞こえた。

「何かしら？」

二三と一子は耳をそばだてたが、ご飯の炊き上がりを知らせるタイマーが鳴ったので、途端に意識は切り替わった。

そして……。

ランチタイムが終り、店の前の札を「営業中」から「準備中」にして、三人が賄いを食べ終ったときだった。

ガラリと戸が開いて、山手がのっそりと入ってきた。いつもとは別人のように沈んだ表情で、明らかに憔悴《しょうすい》していた。

「おじさん、どうしたの？」

万里が素早く立ち上がり、二三と一子も腰を浮かしかけた。すると山手は片手を伸ばし、座るようにと手で示した。

「驚かないで聞いてくれ。後藤が亡くなった」

あまりに突然で、三人とも言葉を失った。

「大阪の渚《なぎさ》ちゃんにはもう連絡した。葬式とか、決まったらまた知らせるから」

山手は出て行った。それ以上のことを聞けるような雰囲気ではなく、三人は黙って互いの顔を見合うばかりだった。

その日の夕方、山手は開店直後に店に現れた。二三たち三人も康平も、後藤について詳しい話を聞きたくてヤキモキしていたので、待ってましたとばかりに山手を取り囲んだ。

山手は昼間と同じ沈鬱《ちんうつ》な顔で「客じゃない。すぐ帰るから」と断って、立ったまま手短に前後の経緯を話してくれた。

「昨日、一日顔を合さなかったんで、何となく気になって今朝、家に行ってみたんだ」

すると、郵便受けに前日の夕刊と今日の朝刊が入れっぱなしになっていた。ただ事ではないと感じて玄関の戸に手をかけると、鍵《かぎ》はかかっていなかった。山手は家の中に上がり込み、キッチンに倒れている後藤を発見した。すでに息はなく、冷たくなっていた。

「医者の話では、前の日の昼間に脳梗塞《のうこうそく》の発作にやられたらしい。意識を失って倒れて、そのまま絶命したと」

山手はそこで深く溜息を吐《つ》いた。

「もっと早く覗きに行ってやれば、何とかなったかも知れない」

「政さん、後藤さんは寿命だったのよ。梗塞、三度目なんでしょう。仕方ないよ」

「脳梗塞は後になるほど重篤になるんです。たとえすぐ救急車を呼んだとしても、助からなかった可能性が高いですよ」

一子に続いて二三も言った。気休めではなく、事実を。

後藤の死は、どうにもならない運命だったのだ。それに山手が責任を感じて自分を責めるのは間違っている。

二人の思いが通じたのか、山手は力なく頷き、頭を下げた。

後藤は病院以外で亡くなり、二十四時間以内にかかりつけの医師の診察を受けた事実もなかったので、不審死扱いとなった。行政解剖に付され、事件性無しと判断された後、家族は葬儀を行うことが出来る。

後藤の葬儀は勝《かち》どき駅から徒歩三分の距離にある中央区のセレモニーホールで行われた。

通夜には親族の他、警察勤務時代の仲間、ダンス教室の中条、ご近所仲間の山手、二三、一子、万里、それに康平も出席した。

山手は後藤が亡くなった翌日は、御神酒徳利の相棒を失って意気消沈していたが、時間が経《た》つにつれて落ち着きを取り戻していた。

「俺だっていつお迎えが来るか分らねえからな。そう遠くないうちにまた会えると思えば、諦《あきら》めもつこうってもんさ」

その口調はとても自然で、強がっている風ではなかった。

「あたしも、若い頃は親しい人が亡くなると、あの世とこの世に分かれた気がしたけど、年を取るうちに段々変ってきたわね。川のあっち側とこっち側になったのが、今は地続き……隣町って感じかねえ」

一子も真摯《しんし》に心情を語った。

しかし、後藤の娘の大月《おおつき》渚は悲しみに押しつぶされているように見えた。葬儀場に向う廊下を通ると、親族待合室から「私が悪かったんだわ」「ひとりぼっちで死なせてしまって」と、自分を責める言葉が漏れ聞こえた。

通夜が始まり、遺族席には渚と銀行員の夫、一人娘の花音《かのん》が並んで座っていた。何度もハンカチを目に押し当てる渚の背を、花音がそっとなでている。まだセーラー服姿の中学生だが、母親の悲しみを受け止め、支える気持ちになっているようだ。

焼香が終ると、一般会葬者は通夜振る舞いの部屋に案内された。一同が席について、思い思いに語り合っていると、目を真っ赤にした渚が現れた。

「皆さま、この度はお忙しいところ、ご会葬下さいましてありがとうございました……」

その後は涙で言葉が詰まり、黙って頭を下げた。

「渚さん」

一子が席を立って渚に近づき、そっと肩に手を置いた。

「もし、後藤さんに一人暮らしをさせたことでご自分を責めていらっしゃるなら、間違っていますよ。後藤さんは一人暮らしを楽しんでいらっしゃいました」

渚がハッとしたように顔を上げた。

「後藤さんは良い人生でした。ご本人も満足していらっしゃると思います。現役時代は警察官として立派なお仕事をされました。引退して奥様に先立たれてからも、アメリカに野球を観に行ったり、社交ダンスを習ったり、良い飲み友達にも恵まれて、とても充実していました。何より、一緒にオムライスを食べた奥様との想い出がありました」

渚は何か言いたげに唇を震わせたが、言葉は出てこなかった。

「お一人で亡くなったからと言って、すぐに孤独死とか可哀想《かわいそう》とか決めつけるのは間違いですよ。あたしもこの年だから、良く分るんです。誰がそばにいても、死ぬときは一人です。誰にも代ってもらえません。そのくらいの覚悟は、後藤さんはとっくになさっていましたよ」

渚は目に新たな涙を浮かべたが、一子の言葉に何度も頷いた。

「しばらくは存分に悲しんで下さい。その時期が終ったら、今度は楽しいことを想い出して下さい。ほら、ホテルでやったダンスパーティーで踊ったときのこととか」

一子がニッコリ微笑むと、渚もつられたように小さく笑みを浮かべた。

「ありがとうございます。父は、幸せだったんですね」

「そうですよ。お幸せでした」

渚は再び深々と頭を下げた。ゆっくり顔を上げたとき、そこにはいくらか生気が戻っていた。

セレモニーホールを出ると、一子は〝ご近所仲間〟に声をかけた。

「ちょっとうちに寄って、一杯やりませんか？」

誰も否やはなかった。後藤を偲《しの》ぶのに相応《ふさわ》しいのはセレモニーホールではなく、通い慣れたはじめ食堂だ。

「献杯」

山手の音頭で、一同は日本酒のグラスを揚げた。

それぞれが在りし日の後藤のことを想い出していた。

「そう言えば、詐欺グループに欺されて、預金取られそうになったことがあったよね」

「後藤さんは正義感が強くて人が好《よ》かったから、そこに付け込まれたんだな」

「でも、うちの店がネットで攻撃された時は、警視庁のサイバー犯罪相談窓口を紹介してくれたし、頼りになったわ」

一子が山手のグラスに酒を注いだ。

「後藤さんをダンス教室に誘ったのは、政さんのお手柄ね。あれで後藤さんの暮らしが、ずっとにぎやかになったんだもの」

「三原さんのマンションのお花見でも、踊ってたわよね」

「うん、そんなこともあった」

山手は目を潤ませて頷いた。

「後藤さん、今頃天国で、奥さんとオムライスを食べてるのかも知れないな」

康平がポツンと呟いた。

「康ちゃんも、一緒にオムライスを食べたい人を見付けなさいね」

一子の口調は温かく、優しかった。

「うん、そうする」

康平がグスンと洟をすすった。

その時、涼しい風がはじめ食堂をさっと通り抜けた。天国に旅立つ後藤が、最後の挨拶に立ち寄った証《しるし》なのかも知れない。

食堂のおばちゃんのワンポイントアドバイス

皆さん、『あなたとオムライス　食堂のおばちゃん8』を読んで下さってありがとうございました。恒例により、作品に登場する気になる料理のレシピをご紹介します。

お陰様で巻を重ね、最近は国際色も豊かになり、エスニック料理も登場するようになりました。でも、基本はあくまで家庭で簡単に作れる、お財布に優しい美味《おい》しい料理です。

オムライスは「食堂のおばちゃん」シリーズの第一巻にも登場しますが、今回はタイトルでもあり、簡単に出来るお一人用レシピをご紹介します。具材はこれ以外にも色々ありますので、お好みで試してみて下さい。

①オムライス

〈材　料〉 1人分

ご飯丼《どんぶり》すり切り1杯くらい

玉ネギ2分の1個　鶏《とり》ひき肉50g　卵2～3個

塩・胡椒《こしょう》・ケチャップ・バター・サラダ油　各適量

〈作り方〉

●玉ネギは粗みじんに切る。卵は容器に割り入れてほぐす。

●フライパンにサラダ油を引き、鶏ひき肉と玉ネギを炒《いた》め、塩・胡椒する。そこにご飯を加えて炒め、ケチャップで味を調える。

●別のフライパンにバターを溶かし、卵を薄焼きにする。

●自信のある人は薄焼き卵の上にケチャップライスを載せ、卵で包みながら紡錘《ぼうすい》形に整え、皿に移す。自信のない人はケチャップライスを型に入れて皿に移し、上から薄焼き卵をかぶせる。

●もちろん、ケチャップライスの上にオムレツを載せてもOK。

〈ワンポイントアドバイス〉

☆ご飯を加える前に、肉と玉ネギを炒めた汁を切っておきましょう。ご飯がベタ付かず、パラッとしたケチャップライスになります。

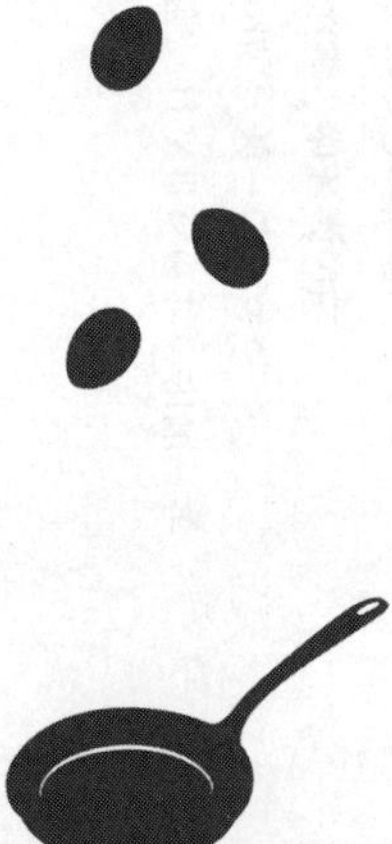

②ジャージャー麺《めん》

〈材　料〉４人分

豚ひき肉３００～４００ｇ　玉ネギ１個　ニンニク４片　生姜《しょうが》１片
ゴマ油大匙《おおさじ》２杯　酒50ｃｃ　砂糖大匙２杯　水１００ｃｃ
味噌《みそ》と八丁味噌　各50ｇ　擂《す》りゴマ白と黒　各大匙２杯
うどん（あるいは中華麺や素麺《そうめん》など、お好みの麺）４玉

〈作り方〉

●玉ネギ・ニンニク・生姜はみじん切りにする。
●鍋《なべ》にゴマ油を入れ、ニンニクと生姜を入れて炒め、香りが立ったら玉ネギを加え、透明になるまでよく炒める。
●豚ひき肉を加え、よく炒めてしっかり火を通す。
●味噌と八丁味噌・酒・砂糖・水を加えて煮る。
●白黒の擂りゴマを加え、更に煮詰めて水分を飛ばす。ゆるめの味噌状になるのが目安。
●お好みの麺を準備して肉味噌をトッピングし、よく混ぜて食べる。

〈ワンポイントアドバイス〉

☆京風白味噌などの甘味噌を使う場合は砂糖を少なめに。

☆2種類の味噌を用意するのが面倒なら、田楽用の甘味噌を使って砂糖はなしで。豆板醬《トウバンジャン》を加えてピリ辛にするのも一興です。

③アボカドのクリームチーズ詰め

〈材　料〉４人分

アボカド４個　クリームチーズ１５０〜２００g

アンチョビー２枚　粗挽《あらび》き黒胡椒・イタリアンパセリ　各適量

Ａ：レモン汁大匙２杯　オリーブ油大匙３杯　塩少々

〈作　り　方〉

●ボウルにクリームチーズを入れ、黒胡椒を振り、よく混ぜる（Ｂ）。

●アンチョビーをみじん切りにし、Ａとよく混ぜ合わせる。

●アボカドを縦半分に切って種を取り、穴の部分にＢを詰める。それを更に縦２つに切り、皮を剝《む》く。

●皿に並べてイタリアンパセリを載せ、Ａをかける。

〈ワンポイントアドバイス〉

☆おしゃれなオードブルはホームパーティーにもピッタリです。

☆アボカドは縦に四つ割りにすると、手で簡単に皮が剝けます。

④うすいえんどうの豆ご飯

〈材　料〉４人分

米２合　うすいえんどう１５０g（正味）　酒大匙２杯

塩小匙１杯（半分は豆にまぶし、半分はご飯の味付けに使う）

〈作り方〉

●米は洗ってザルに上げておく。

●うすいえんどうを莢《さや》から出して水洗いし、水気を切って塩をまぶす。塩をまぶすと色がきれいに仕上がる。

●米を釜《かま》に入れて酒と塩を加え、白米２合の目盛りまで水を入れたら、うすいえんどうも入れて普通に炊く。

〈ワンポイントアドバイス〉

☆お好みで味の素も入れて下さい。ここではお酒を入れてますが、うすいえんどうは塩だけでも美味しい豆ご飯になります。

⑤うすいえんどうの卵とじ

〈材　料〉４人分

うすいえんどう２００g（正味）

卵４個　だしの素10g

醤油《しょうゆ》・酒　各小匙２杯　水４００cc　お好みでみりん小匙２杯

〈作り方〉

●鍋に莢から出したうすいえんどう・水・だしの素を入れて火にかける。

●２分くらいしたら豆を味見して、火が通っていたら醤油と酒（お好みでみりんも）を加える。

●卵を溶いて鍋に回し入れ、半熟状態で火を止めて蓋《ふた》をする。

〈ワンポイントアドバイス〉

☆うすいえんどうは皮が薄くて柔らかいので、すぐに火が通ります。

⑥豆腐ハンバーグ

〈材　料〉４人分

木綿豆腐２パック（約４００g）　鶏ひき肉２００g
乾燥ヒジキ10g　卵２個　玉ネギ１個　生姜１片
人参《にんじん》２分の１本（玉ネギより少なめの量）　片栗粉大匙２杯
中華スープの素大匙２杯　塩・胡椒　各適量　水５００cc

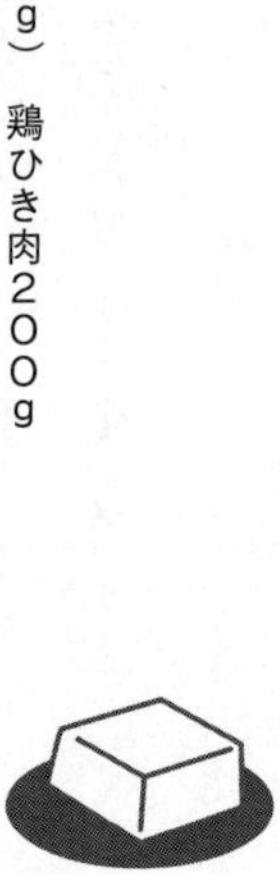

〈作　り　方〉

●豆腐をまな板に並べ、水を入れたバットを上に載せて水気を切る。
●ヒジキを水に漬けて戻す。生姜は摺《す》り下ろす。
●玉ネギと人参をみじん切りにする（A）。
●すり鉢かフードプロセッサーで豆腐をマッシュする（B）。
●ボウルにAとB・鶏ひき肉・ヒジキ・卵・片栗粉大匙１・塩・胡椒を入れ、混ぜ合わせたらハンバーグ形に形成する。
●２００度に予熱したオーブンで10分焼く。焼き板にクッキングペーパーを敷いておくとくっつかない。
●オーブンがない場合は油を引いたフライパンに入れ、強火で焼き目が付いたら裏返し、水をカップ1杯加え、蓋をして弱火で10分蒸焼きにする。
●水500ccを鍋に入れて火にかけ、中華スープの素で味を付け、生姜の絞り汁を加えたら、片栗粉大匙1を水溶きにして回し入れ、とろみを付ける。
●皿に豆腐ハンバーグを盛り、生姜風味の餡《あん》をかけて出来上がり。

〈ワンポイントアドバイス〉
☆ボリュームたっぷりなのに低カロリーで、野菜と海藻も摂《と》れる優れメニューです。私が現役〝食堂のおばちゃん〟だった頃《ころ》、女性社員に大人気でした。
☆面倒な方は冷凍のミックスベジタブルを使って下さい。ヒジキは戻すと7～10倍に増えるので、それだけは要注意です。

⑦キュウリのガスパチョ

〈材　料〉４人分

キュウリ６本　玉ネギ２分の１個　ニンニク３片　豆乳５００ｃｃ

オリーブ油（エクストラバージン）大匙２杯　パクチー少々　塩適量

〈作　り　方〉

●キュウリは縦半分に切って種を取り、熱湯でさっと茹《ゆ》でて冷水にさらし、ざく切りにする。玉ネギとニンニクは粗みじんに切る。

●ミキサーにキュウリと玉ネギ・ニンニク・豆乳・塩を入れて攪拌《かくはん》する。

●ジュース状になったらオリーブ油大匙２杯を少しずつ加えて更に攪拌する。

●冷蔵庫で冷やして器に注ぎ、オリーブ油をごく少量垂らし、パクチーを飾る。

〈ワンポイントアドバイス〉

☆ガスパチョは夏に相応《ふさわ》しいスープ料理で、レシピもたくさん出ています。色々試して、お好みの味を見付けて下さい。

⑧鶏肉とキュウリのナンプラー炒め

〈材　料〉４人分

鶏モモ肉４００g　キュウリ３本　ゴマ油大匙２杯

ニンニク（薄切り）１片　鷹《たか》の爪《つめ》（輪切り）小匙１杯　塩・粗挽き黒胡椒　各適量

鶏ガラスープの素小匙２杯　ナンプラー小匙１・５杯

〈作　り　方〉

●キュウリは叩《たた》いて拍子木に、鶏肉は一口大に切る。

●鍋にゴマ油を引き、ニンニクと鷹の爪を炒め、香りが立ってきたら鶏肉を入れて軽く塩を振る。

●肉の両面に焼き色が付いたら、蓋をして弱火で７分ほど焼く。

●キュウリを加えてさっと火を通し、鶏ガラスープの素とナンプラーを入れて黒胡椒で味を調え、味が馴《な》染《じ》むように炒め合わせる。

〈ワンポイントアドバイス〉

☆ナンプラーを使っているから、きっとタイの料理でしょう。暑い夏に暑い国の料理を食べるのは、理に適《かな》っていると思いませんか？

⑨ゴボウの牛肉巻き

〈材　料〉４人分

ゴボウ大１本　人参小１本　インゲン１パック

牛ロース肉４００ｇ　レーズン50ｇ

バター大匙１杯　醬油大匙２杯

オリーブ油・塩・胡椒　各適量　赤ワイン２００ｃｃ

〈作　り　方〉

●ゴボウは下茹でして太さ5ミリ程度に切る。人参も同じ位の太さに切っておく。インゲンはすじを取っておく。

●ラップの上に牛ロースの切り身を２～３枚横に並べ、軽く塩・胡椒してゴボウ・人参・インゲンを載せ、肉で巻く。ラップを巻《ま》き簀《す》のように使うと巻きやすい。巻き終わったら長さ４～５センチに切る。

●フライパンにオリーブ油を引いて肉巻きを並べ、焼き色が付いたら赤ワインとレーズンを入れて20分ほど煮る。最後にバターと醬油を入れて仕上げる。

〈ワンポイントアドバイス〉

☆和のお総菜としてすっかり定着しているゴボウの牛肉巻きを洋風にアレンジしたのは、あのV6の坂本昌行《さかもとまさゆき》さん。テレビで拝見して、早速試してみました。美味しかったです。

日本には数多くの家庭料理があり、しかもアレンジ次第でこれからも新しい世界が広がることを、改めて感じた次第です。

⑩大根と貝柱のサラダ

〈材　料〉４人分

ホタテ貝柱缶詰（１２５g）１個　大根３分の２本

マヨネーズ・塩・粗挽き黒胡椒　各適量

〈作　り　方〉

●大根は千六本に切り、軽く塩を振ってしばらく置き、水気を絞る。

●ボウルに缶詰の中身（汁ごと）と大根、マヨネーズ、黒胡椒を入れてよく混ぜ合わせる。黒胡椒は粗挽きがお勧め。

〈ワンポイントアドバイス〉

☆現在１２５gの貝柱缶は品薄なので、半分サイズの缶詰を２個使って下さい。

最後にひと言

皆さんもご承知のように、新型コロナウイルスの影響で、私達の日常は大きく変りました。本作品の内容も影響を受けざるを得ませんでした。

それでも私達は今の日常を生きるしかありません。この先どんな変化が訪れるのか、神ならぬ身には知る由もありませんが、何があろうとしぶとく生き抜こうではありませんか。

皆さん、美味しい物を食べて、ゆっくり寝て、明日への英気を養って下さいね。私も毎日呑《の》んでますよ！

本書の第一話から第四話は「ランティエ」二〇二〇年三月号～六月号に、連載されました。第五話は書き下ろし作品です。

Haruki Bunko
ハルキ文庫

や 11-10

あなたとオムライス　食堂《しょくどう》のおばちゃん8

著者　山口恵以子《やまぐちえいこ》

2020年7月18日第一刷発行
2022年9月8日第五刷発行

発行者　角川春樹

発行所　株式会社角川春樹事務所
〒102-0074 東京都千代田区九段南2-1-30 イタリア文化会館

電話　03(3263)5247(編集)
03(3263)5881(営業)

印刷・製本　中央精版印刷株式会社

フォーマット・デザイン　芦澤泰偉
表紙イラストレーション　門坂 流

本書の無断複製(コピー、スキャン、デジタル化等)並びに無断複製物の譲渡及び配信は、著作権法上での例外を除き禁じられています。また、本書を代行業者等の第三者に依頼して複製する行為は、たとえ個人や家庭内の利用であっても一切認められておりません。
定価はカバーに表示してあります。落丁・乱丁はお取り替えいたします。

ISBN978-4-7584-4353-1 C0193 ©2020 Yamaguchi Eiko Printed in Japan
http://www.kadokawaharuki.co.jp/[営業]
fanmail@kadokawaharuki.co.jp[編集]　ご意見・ご感想をお寄せください。

山口恵以子の本

食堂のおばちゃん

焼き魚、チキン南蛮、トンカツ、コロッケ、おでん、オムライス、ポテトサラダ、中華風冷や奴……。佃にある「はじめ食堂」は、昼は定食屋、夜は居酒屋を兼ねており、姑の一子《いちこ》と嫁の二三《ふみ》が、仲良く店を切り盛りしている。心と身体と財布に優しい「はじめ食堂」でお腹一杯になれば、明日の元気がわいてくる。テレビ・雑誌などの各メディアで話題となり、続々重版した、元・食堂のおばちゃんが描く、人情食堂小説（著者によるレシピ付き）。

ハルキ文庫

山口恵以子の本

恋するハンバーグ
食堂のおばちゃん2

トンカツ、ナポリタン、ハンバーグ、オムライス、クラムチャウダー……帝都ホテルのメインレストランで副料理長をしていた孝蔵は、愛妻一子と実家のある佃で小さな洋食屋をオープンさせた。理由あって無銭飲食した若者に親切にしたり、お客が店内で倒れたり——といろいろな事件がありながらも、「美味しい」と評判の「はじめ食堂」は、今日も大にぎわい。ロングセラー『食堂のおばちゃん』の、こころ温まる昭和の洋食屋物語。巻末に著者のレシピ付き。（文庫化に際してサブタイトルを変更しました）

ハルキ文庫

山口恵以子の本

愛は味噌汁
食堂のおばちゃん3

オムレツ、エビフライ、豚汁、ぶり大根、麻婆ナス、鯛茶漬け、ゴーヤチャンプル──……昼は定食屋で夜は居酒屋。姑の一子《いちこ》と嫁の二三《ふみ》が仲良く営んでおり、そこにアルバイトの万里《ばんり》が加わってはや二年。美味しくて財布にも優しい佃の「はじめ食堂」は常連客の笑い声が絶えない。新しいお客さんがカラオケバトルで優勝したり、常連客の後藤に騒動が持ち上がったり、一子たちがはとバスの夜の観光ツアーに出かけたり──「はじめ食堂」は、賑やかで温かくお客さんたちを迎えてくれる。文庫オリジナル。

ハルキ文庫